LARAS

JAHRESCHRONIK 2021

Oder: Aus einem Katzenleben in

Kurort Hartha und Sellin

Von und mit :

Lara, der schönsten und klügsten Katze des Grundbachtals und der Seestraße

© 2021, Joachim Thomas
Herstellung und Verlag: BoD – Books
on Demand, Norderstedt
ISBN: 9783755761648

Liebe Leserinnen und Leser-

Oder soll ich lieber sagen: liebe Leser* innen? Gendern ist ja im Moment total in bei den Menschen. Als wenn es keine anderen Probleme geben würde. Die Menschen sind schon ziemlich kompliziert gestrickt und kommen immer wieder auf abstruse neue Ideen. Man sagt ja auch nicht Kater* innen. Bei uns heißt das schon immer Kater und Katze. Wir hatten mit der Gleichberechtigung noch nie ein Problem: der Kater wird namentlich zuerst genannt und die Katze hat das Sagen. So läuft das bei uns- und das ist auch gut so.

Also, liebe Freunde, ja, da bin ich wieder. Das hätten sie wohl nicht erwartet. Wenn ich ehrlich sein soll- ich eigentlich auch nicht. Das Jahr 2020 war ja schon coronabedingt ziemlich mies und hat mich bei meinen schriftstellerischen Ergüssen ziemlich gefordert. Und 2021 ist nicht viel besser. Ganz im Gegenteil- es ist der blanke Horror. Alles dreht sich nur um Corona, diese mistverdammte Pandemiekanaille.

Da kann man die Lust am Schreiben bzw. die Lust schlechthin schon mal verlieren. Aber irgendwie juckt es mir doch in meinen Pfoten. Ja, ich spüre ganz einfach die Freude und den Drang, mein ganz persönliches Corona(un)jahr 2021 (und natürlich auch das meiner Menscheneltern Dagi und Jochen) aufs Papier bzw. in den Computer zu bringen. Und dazu muss ich nicht einmal genötigt werden. Es hat schon etwas für sich, wenn man buchstäblich selbst das „Heft in der Hand" hat und bestimmen kann, was man von sich gibt oder besser für sich behält. Meine zweibeinigen Futterlieferanten werden schön früh genug sehen, was sie davon haben, wenn sie aus purer Faulheit mich die Jahreschronik schreiben lassen und dies nicht im Schweiße ihrer Füße- pardon: Angesichte selber tun.

Also auf ein Neues- aber Halt. Ich bin mir zwar relativ sicher, dass ich für sie keine Unbekannte bin. Doch ich will nicht unhöflich erscheinen und möchte mich daher bei all den Lesern und Leserinnen, die erstmalig mit mir zu tun haben, ganz förmlich und frei jeder Eitelkeit vorstellen:

wie dem Titel des Buches unschwer zu entnehmen ist, heiße ich Lara. Und ich bin eine Katze- aber das dürften sie ja bereits mitbekommen haben.

Ich wohne im Grundbachtal 21 im schönen Kurort Hartha in einem Reihenendhaus zusammen mit meinen Menscheneltern Dagmar und Joachim Thomas. Aber nicht nur dort treibe ich mein Unwesen. Wir- also ich und meine ach so wertgeschätzten zweibeinigen Futterlieferanten und Dienstboten sind bisweilen auch in der Seestrasse 16 in Sellin auf der wunderbaren Insel Rügen anzutreffen. Dort befindet sich unser zweites Zuhause, in dem ich mich inzwischen fast wohler fühle als in Hartha. Weil? Psst- nicht weitersagen- weil es dort einen wunderschönen Kater gibt, der mich geradezu anhimmelt. Auch in Hartha habe ich meine Bewunderer, „Zungi" zum Beispiel- ein lieber Kerl, aber kein Vergleich mit diesem nordischen Urviech. Ein bisschen gesprächiger könnte er zwar schon seinaber die „Fischköppe" sind nun einmal ein wenig maulfaul, haben aber durchaus ihre Qualitäten...... Ich schweife ab.

Ich wünsche und hoffe, dass Sie trotz der nicht voraussehbaren coronabedingten Geschehnisse viel Freude haben an dem, was ich Ihnen erzählen werde. Und das ist gar nicht einmal so wenig- wer hätte das gedacht. Meinen umtriebigen zweibeinigen Mitbewohnern ist es doch irgendwie gelungen, auch in diesem Jahr einiges zu unternehmen und zu erleben- mit und ohne Maske. Man könne sich ja nicht ganz verkriechen, meinen sie. Und da muss ich ihnen zweifellos zustimmen. Ich verkrieche mich ja gewöhnlich auch nicht. Nur wenn irgendwelche überdimensionierten Hunde mein Revier betreten oder die ebenso frech wie faule Nachbarskatze „Lola" ihren massigen Körper durch meinen Garten schleppt, dann suche ich schon mal den Sichtschutz unserer Konifären auf. Aber auch nur dann. Ansonsten bin ich durchaus neugierig und schaue gern einmal bei den Nachbarn vorbei und auch in ihre Wohnzimmerfenster. Ist viel interessanter als fernsehen, das können sie mir glauben.

Wenn meine schriftstellerischen Ergüsse sie wider Erwarten langweilen sollten- dann ist es halt so. Kann ich auch nicht ändern. Legen Sie das Buch einfach in die Ecke und stellen selbst etwas auf die Beine. Geht doch auch. Denn eines ist sicher- und das möchte ich Ihnen mitgeben als Abwandlung einer berühmten Lebensweisheit: derjenige, der sich für nichts mehr interessiert im Leben, der hat schon verloren. Und Sie- liebe Leserin und lieber Leser und auch ich- wir sind doch alle Gewinner. Eben !

In diesem Sinne wünsche ich Ihnen viel Spaß an diesem Jahresüber- und Rückblick 2021. Trotz Corona wieder ein Jahr mit vielen schönen Ereignissen und Erlebnissen.

Viel Spaß beim Lesen.

Das Jahr 2020 endet fast so, wie ich es in meiner letzten Chronik vorhergesehen habe: sehr ruhig und sehr familiär.

Am Sonntag, dem 13. Dezember, verlassen wir Rügen und fahren über nahezu menschenleere Autobahnen zurück nach Hartha. Angenehm ruhig war es in den letzten Tagen an der See. Und genauso ruhig ist es auch Zuhause in Sachsen. Ich spreche immer von „Zuhause" aus alter Gewohnheit, muss mich immer noch daran gewöhnen, dass wir zwei „Zuhause" haben- eines an der See und eines praktisch im Gebirge. Ist doch irgendwie toll und doch verrückt- oder? Aber so sind sie halt, meine Menscheneltern. Irgendwie toll und doch ein bisschen verrückt.

Die Vorweihnachtszeit ist, wie ich schon im letzten Jahrbuch angedeutet habe, einfach nur bedrückend: keine Weihnachtsmärkte, keine Glühweinstände und der gewohnte Festtagsgeschenkebummel fällt auch aus, bzw. er erfolgt online am heimischen Computer. Lichterketten in den Fenstern gibt es zwar, auch Räuchermännchen und

Nußknacker. Doch kein Vergleich zu den festlich geschmückten Gärten und Häusern in den Vorjahren. Hier im Erzgebirge, im sogenannten Weihnachtsland, ist das besonders belastend. Die Menschen fiebern ein ganzes Jahr auf diese Tage im Advent hin, wollen ihre Fenster festlich präsentieren, ihre Schwibbbögen leuchten lassen, die kunstvoll geschnitzten Engel und Bergmänner ausstellen. Und dann plötzlich diese bedrückende Adventszeit. Nun auch noch mit einem harten Lockdown, der jeder Aktivität im Freien einen Riegel vorschiebt. Ich bin zwar keine Weihnachtskatze, verstehe nicht, was die Menschen an Christstollen, Plätzchen und dem Duft von Räucherkerzen so erbaulich finden. Aber irgendwie tun sie mir doch leid. Auch meine Menscheneltern. Dagi verzichtet sogar darauf, ihre geliebten „Männel" (für Nicht-Erzgebirgler: das sind diese kantigen Holzfiguren, die alle denkbaren Berufsgruppen und Typen darstellen, innen hohl sind und erbärmlich stinken, wenn man sie mit einer brennenden Räucherkerze füttert) im Haus zu platzieren. Ihr sei nicht danach- meint sie. Immerhin macht Jochi das Beste aus dieser Situation: er veredelt die restlichen Flaschen seines „Grundbachtaler Schlossberges", den er vor Jahren mal gekeltert hat, als der an der Hauswand befindliche Rebstock noch prachtvolle Trauben trug (also vor meiner Zeit) mit irgendwelchen Gewürzen, wärmt dieses Gesöff auf und trinkt sich mit diesem Glühwein die Weihnachtstage schön. Er meint, in diesem Zustand könne man die Weihnachtspost besonders schwungvoll erledigen.

Das Weihnachtsfest lässt sich auch von Corona nicht bremsen. Es folgt dem Kalender und kommt einfach und ist genauso bedrückend und wenig erbaulich wie die ganze vorangegangene Adventszeit. Aber eigentlich doch irgendwie harmonisch. Am Heiligabend genießen meine geliebten Futterlieferanten ein fürstliches Mahl mit Langusten und anderen Raffinessen und lassen mich nicht zu kurz kommen. Auch ich werde königlich bewirtet und bin von diesem Mahl auch am nächsten Tag noch so begeistert, dass ich den Besuch von Karsten und Sarah sowie Tamika und Tessa geduldig über mich ergehen lasse.

Ich freue mich mit den beiden Mädchen, wie sie ihre Geschenke auspacken und dabei quietschvergnügt sind. Vor allem die kleine Tessa ist voll bei der Sache. Zum ersten Mal in ihrem Leben scheint sie bewusst wahrzunehmen, wie schön es ist, eigene

Geschenke zu erhalten. Ein richtiges Familienidyll findet statt an diesem Weihnachtstag im Hause Thomas. Und ich mitten drin. Corona ist vergessen- jedenfalls für den Moment. Wie schön.

Wenn die Weihnachtstage vorüber sind, dauert es nicht mehr sehr lange, bis das neue Jahr beginnt. Das ist eine Binsenwahrheit- na klar. Klar ist aber auch, dass diese Tage „zwischen den Jahren" der blanke Horror für mich sind. Zum Jahreswechsel werden Dagi und Jochi wieder bei irgendeiner Feier sein und das arme Kätzchen muss zu Hause in einer finsteren Ecke die Silvesterböllerei ertragen. Ohne menschlichen Beistand, einsam und allein dem Schicksal ausgeliefert. Der blanke Horror eben.

Aber was ist das? Silvester kommt - und nichts passiert. Keine Hektik bei meinen Menscheneltern. Jochi sitzt wie gewohnt vor seinem Computer, skypt mit Hamburg und Lüneburg und spielt Schach oder irgendwelche anderen belanglosen Spiele. Dagi hockt vor ihrer Nähmaschine und macht sich auf dem Sessel breit, den ich gewöhnlich einzunehmen pflege. Was ist los mit den Beiden? Silvester zu Hause- sind sie etwa krank? Sind sie nicht, wie sie mir versichern. Sie würden ja gerne... aber es gibt nichts, wo man hingehen könnte. Alle Veranstaltungen gestrichen. Corona sei Dank. Ja- Klasse. Corona sei Dank, kann ich da nur sagen. Ich muss Silvester nicht alleine ertragen. Mir fällt ein Stein vom Herzen- aber was für einer, das können sie mir glauben.

Wir verbringen die Jahreswende also in trauter Dreisamkeit. Dagi und Jochi sitzen am festlich gedeckten Tisch und gönnen sich ein feudales Raclett. Ich werde ebenfalls angemessen bewirtet, sitze aber unter dem Tisch- vorsichtshalber. Denn geknallt wird draußen auch in diesem Jahr. Und das nicht zu wenig. Offenbar wollen die Harthaer mit diesem Geballere die Coronageister vertreiben. Ich zweifele doch sehr, ob ihnen dies gelingt. Egal- ich bin in Sicherheit, meine Menscheneltern beschützen mich und den Lärm verdränge ich einfach, so gut das eben geht bei meinen empfindlichen Ohren. Übrigens mache ich heute noch die erstaunliche Erfahrung, dass man desto weniger Lärm empfindet, je tiefer man unter eine Bettdecke kriecht. Das mache ich dann nämlich nachts- zum ersten Mal. Dagi und Jochi müssen sich dabei erheblich einschränken in ihrem Bett. Diese neue Erfahrung ist durchaus ausbaufähig.

Das Jahr 2021 beginnt nass und feucht. Es fallen gelegentlich ein paar Schneeflocken, die sich aber bald in puren Matsch verwandeln. Eigentlich viel zu nass für eine kleine, auf Harmonie und Ruhe bedachte Katze, die es liebt, bei angenehmen Temperaturen im Garten unter den Büschen und Bäumen zu sitzen und derart getarnt aus dem verborgenen heraus die Menschen (und Hunde) zu beobachten. Die Klimawende macht auch vor dem Kurort Hartha nicht Halt.

Das kulturelle Leben ist praktisch zum Erliegen gekommen, bedingt durch den fortwährenden „Lockdown". Ich spüre, dass meine sonst sehr umtriebigen zweibeinigen Mitbewohner unter diesem Zustand des „Eingesperrtseins" doch ziemlich leiden, obwohl sie sich im Grunde vorbildlich verhalten. Sie verlassen das Haus nur aus einem sogennanten zwingenden Anlass- also zum Beispiel, wenn sie einkaufen müssen. Das Betreten der Läden ist weiterhin nur mit Gesichtsmaske möglich. Man muss sich das mal vorstellen- Entschuldigung, ich kann mir ein leichtes Grinsen nicht verkneifen: wenn vor nicht allzu langer Zeit einmal ein Mensch mit Gesichtsmaske einen Laden betreten hätte, so hätte das Personal doch sofort an einen Überfall geglaubt und die Polizei gerufen. Und nun? Jetzt wird die Polizei gerufen, wenn man beim Betreten eines Geschäfts keine Maske trägt. Ist schon verrückt- oder?

Spaziergänge finden praktisch nur noch im nahen Umfeld statt. Die Bäume werden schon mit Vornamen begrüßt und um die Schlaglöcher im morastigen Boden kann man blind einen Bogen machen. Aber ich kann gar nicht nachvollziehen, warum die Beiden darüber so stöhnen. Jetzt können sie endlich mal nachvollziehen, wie sich gewöhnlich mein Alltag so abspielt: ich brauche nicht das Rumreisen in ferne Gegenden, Theater habe ich zu Hause genug und mein Revier ist eben auch überschaubar- ich kenne jeden Baum und Strauch, jeden Stein und jede Pflanze, auch blind.

Und- seien wir doch mal ehrlich- was bringt es denn, wenn man ständig unterwegs ist. Meine lieben Futterlieferanten haben ein schönes Zuhause und genug Ideen, um sich die Zeit zu vertreiben. Tanzen gehört natürlich dazu. Und bei dem herrschenden tristen Wetter räumen sie auch häufiger als sonst die Möbel im Wohnzimmer beiseite, schaffen sich so eine freie Fläche, auf der sie ihre täglichen Showeinlagen produzieren. Ich hatte ihnen ja schon einmal geschildert, wie das aussieht: einfach köstlich. Slapstick pur. Sie verstehen sicherlich, dass diese geradezu elfenhaften Verrenkungen meiner beiden Traumtänzer mir mehr Amüsement bereitet als jedes Theaterstück.

Dagi näht und näht und näht. Mein geliebter Stuhl im Dachgeschoss ist nahezu ständig von ihr besetzt. Auf dem Tisch vor ihr die Nähmaschine und daneben alle denkbaren Schnittmuster. Jochi meint, sie produziere derart viel an modischer Kleidung, dass sie durchaus ein eigenes „Modestübchen" eröffnen könnte. Will sie aber nicht. Sie stelle ausschließlich Designerstücke für die Enkel*innen her, meint sie, keine Alltagskleidung für Jedermann/frau. So ist sie halt, die Gute.

Erinnern sie noch, wie ich ihnen in der letztjährigen Chronik geschildert habe, dass Jochi für die Enkel einen Film mit Geschichten von seiner Eisenbahnanlage gedreht hat mit mir als Hauptperson? „Lara`s Abenteuer in Mittelstadt". Ich will ja nicht eingebildet erscheinen, aber dieses Werk war einfach Klasse und ist bei den Kindern auch sehr gut angekommen. Nicht nur bei den eigenen Enkeln. Auch die Kinder im Grundbachtal haben das Werk geradezu verschlungen. Und jetzt ist Jochi im Keller und bastelt an der Fortsetzung. natürlich wieder mit mir in der Hauptrolle: "Lara`s Abenteuer in Mittelstadt- 2.Teil". Und nun kommt das Besondere, der Clou sozusagen. Er erfindet die Geschichten nicht alleine. Nein- er hat eine Co-Regisseurin angeheuert. Sie glauben nicht, wer das ist? Ja, Tamika. Sie ist mit dem gleichen Elan bei der Sache wie Jochi und Nepi, der natürlich auch seinen Senf dazugeben muss, und ich natürlich auch.

Draußen bestimmt mieses Wetter den Alltag und der „Lockdown" grenzt weiterhin die Bewegungsfreiheit ein. Aber bei uns im Keller tobt das Leben- wenigstens auf der Eisenbahnanlage. Ist das nicht toll! Filmgeschichte wird geschrieben. Ein Problem habe ich allerdings. Ich bin mir noch nicht im Klaren, wohin ich den Oscar, den ich höchstwahrscheinlich demnächst für meine künstlerischen Leistungen erhalten werde, stellen soll. Er muss ja irgendwie zur Geltung kommen: meine Kater werden mich anhimmeln und Lola soll meinetwegen vor Neid erblassen. Man gönnt sich ja sonst nichts.

Wir sind so intensiv mit der Filmerei beschäftigt, dass wir gar nicht gemerkt haben, dass inzwischen tatsächlich der Winter Einzug gehalten hat. Also so richtig- mit Kälte und Schnee. Nicht unbedingt mein Ding. Aber Dagi und Jochi sind recht angetan von der weißen Pracht. Natürlich hat der Schnee auch seine Tücken- er muss erst einmal beiseite geschaufelt werden, wenn man das Haus verlassen will. Dafür ist

der Herr des Hauses, der gute Jochi
zuständig. Der alte Kerl muss ja irgendwie
in Bewegung bleiben. Schnee schaufeln ist
gut für die Muskulatur- die frische Luft gibt
es gratis dazu.

Und an der frischen Luft lässt sich auch gut
Ski fahren. Ein Ausflug ins Gebirge ist
derzeit nicht drin. Doch wer- wie wir- den
Wald vor der Haustür hat, kann sich auch
seine eigene Loipe spuren. Und das machen
meine beiden Helden auch und flitzen auf

ihren schmalen Brettern durch die Botanik, so lange die weiße Pracht sie gewähren lässt. Und das ist dann doch eine geraume Zeit lang der Fall- Winter pur. Einfach toll.

Erst gegen Ende Januar wird der Schnee pappig und meine Menscheneltern verlagern ihre Aktivitäten wieder ins Innere des Hauses. Dagi sitzt wieder vor ihren Nähutensilien und Jochi stellt zu seinem Erstaunen fest, dass er noch über Kisten von Briefmarken verfügt, die in seinen mannigfachen Alben noch keinen Platz gefunden haben. Das soll sich nun ändern. Genug Zeit dafür ist vorhanden.

Der Radius ums Haus ist weiter auf 15 KM beschränkt. Man kann also nicht wirklich viel unternehmen. Mich stört das eher nicht- mein Radius ist ohnehin deutlich überschaubarer. Meine zwei Mitstreiter leiden allerdings merklich unter der obrigkeitlicherseits angeordneten Corona-Kontaktbeschränkung. Dafür laufen die Telefone heiß- Kontaktpflege erfolgt nunmehr in erster Linie über das Telefon oder den Computer. Und diese Geräte sind eigentlich den ganzen Tag über in Betrieb. Ich staune nicht schlecht, bekomme ich so hautnah mit, wie umfangreich doch der Freundeskreis von Dagi und Jochi ist. Alle Achtung. Bisher bin ich davon ausgegangen, dass ich es bin, die überall im Mittelpunkt steht. Sei`s drum- es sei ihnen in diesen Zeiten gegönnt. Ich jedenfalls leide nicht unter Kontaktsperren zu meinen Katern.

So vergeht der Januar und der Februar bringt nicht sehr viel Neues. Ich beobachte

Jochi, wie er in sein Tagebuch schreibt: „Ein Tag vergeht wie - fast - jeder andere. Es fehlt die große Abwechslung. Es fehlt so vieles". Nun ja, mag sein. Mir allerdings fehlt nichts. Ich habe alles, was ich brauche. Und so lange meine Futterlieferanten in der Lage sind, mir pünktlich meine täglichen Essensportionen aufzutischen, ist die Welt für mich in Ordnung. Ich finde, die Menschen sollten sich grundsätzlich ein Beispiel an uns Katzen nehmen. Wir genießen eben das Leben so, wie es ist und verzweifeln nicht gleich, wenn etwas nicht so abläuft, wie wir es wollen. In solchen Situationen schließen wir einfach die Augen und öffnen sie wieder, wenn die Lage sich gebessert hat. So läuft das sinnvollerweise ab, wie die Evolution beweist. Schließlich waren wir früher auf der Welt, als die Menschen. Und wir werden auch noch vorhanden sein, wenn diese sich in ihrem Gehetze und in ihrem selbstverordnetem sogenannten Fortschrittsstreben selbst überholt haben. Katzen sind und bleiben eben die klügeren Geschöpfe. Menschen brauchen wir zum Existieren nicht. Naja-

ich würde meine zwei liebenswerten Mitbewohner schon vermissen. Und wie man Schlagsahne in die Tube bekommt, habe ich auch noch nicht so recht begriffen. Manchmal werden die Menschen halt doch gebraucht.

Entschuldigen sie bitte. Ich philosophiere und schweife ab. Will ich eigentlich gar nicht. Also zurück in den coronageprägten Alltag.

Ein paar Tage lang war es an der Wetterfront ruhig. Dann aber schlägt der Winter erneut zu. Extrem kalt wird es und richtige Schneemassen stürzen auf uns herab. Nicht auf mich natürlich, denn ich bleibe im Haus und pflege meinen Winterschlaf zu halten- lediglich unterbrochen von den notwenigen lebenserhaltenden Mahlzeiten.

Nahezu täglich stapfen Dagi und Jochi mit ihren Langlaufskiern wieder durch den Wald. Frische Luft und Bewegung- sie genießen das. Zur Entspannung sitzt meine Menschenmama später erneut an der

Nähmaschine und näht vor allem Kleidchen für die Mädchen.

Mein Menschenpapa bastelt am Computer Filme zusammen. Ab und zu höre ich ihn fluchen, wenn er wieder einmal mit seinem Programm auf Kriegsfuß steht. Außerdem klagt er darüber, dass sein externer Speicher seinen Geist aufgegeben hat. Ich wusste gar nicht, dass solche Kästen überhaupt einen Geist haben. Nach meinem Verständnis kann das lediglich ein Kleingeist sein. Zur Entspannung trifft er sich dann- wie gewohnt- mit unserem Nachbarn Helmut auf ein Bierchen und ein Schwätzchen. Dann ist die Welt wieder in Ordnung, jedenfalls so lange, bis der Computer ein weiteres Mal bockt.

Es ist also eigentlich alles paletti- für mich jedenfalls. Doch dann kommen meine zwei Nervensägen und stören mich in meinem Schönheitsschlaf. „Hallo Laraleinchen", sülzen sie in der Absicht, mich gnädig zu stimmen, „meinst du nicht, dass du etwas Luftveränderung brauchen könntest? Wie wäre es mit frischer Seeluft? Wir kennen da ein schönes Plätzchen." Kenne ich auch, dieses Plätzchen. Sellin heißt das und ist nur mit langer nerviger Autofahrt zu erreichen. Nein, danke schön. Im Moment ist mir nicht danach. Die Abstimmung im Familienkreis geht 1 : 2 gegen mich aus- war ja nicht anders zu erwarten.

Protestieren tue ich trotzdem, füge mich dann aber doch in mein Schicksal. Etwas anderes bleibt mir ja auch nicht übrig.

Wir starten also am 22. Februar in Richtung unserer zweiten Heimat. Die Fahrt verläuft störungsfrei und ausgesprochen schnell. Nichts los auf den Straßen. Wie sollte es auch- sind doch eh fast alle eingesperrt, die Menschen. Und so treffen wir natürlich auch eine verwaiste Wohnanlage an. Klasse, kann ich da nur sagen. Sind die Menschen nicht an Bord, gehört mir der ganze Ort.

So ist es dann auch. Eine gute Woche lang genieße ich mein zweites Zuhause mit all den schönen Kuschelecken in der Wohnung und dem großen Außengelände bis runter zum Wasser, stromere rum, unterhalte mich mit den Enten nebenan und den Schwänen auf dem noch teilweise mit Eis bedecktem See.

Allein die kreischenden Möwen, die von dieser, von Menschen verlassenen Einöde, zunehmend wieder Besitz ergreifen, gehen mir gehörig auf den Geist.

Auch Dagi und Jochi genießen diese Tage. Im Haus ist wenig zu richten. Lediglich Dagi muss mal zur Hausverwaltung fahren, um die Bücher zu prüfen. Ansonsten gehen sie wandern oder fahren auf der Insel herum und erkunden Gegenden, die sie bisher noch nicht kannten. Das geht hier oben doch recht gut, da die Corona-Einschränkungen nicht so streng gesehen werden, dank niedriger Inzidenzwerte. Sogar einige Lokalitäten haben geöffnet, so dass sie seit langer Zeit auch mal wieder aushäusig essen gehen können. Ein seit langem vermisstes und daher völlig ungewohntes neues/altes Erlebnis.

Anfang März sind wir wieder zurück in Hartha. Und hier läuft das Leben genauso gleichförmig ab, wie vor unserem Trip nach Sellin. Naja, nicht ganz. Es gibt schon ein paar Dinge, die erwähnt werden müssen. Zunächst die weniger schöne Nachricht, dass Sarah und Karsten sich auch dieses Jahr nicht trauen wollen. Die bereits für 2020 geplante Hochzeit wird erneut verschoben- auf 2022 oder auf Sankt

Nimmerlein. Wer kann das jetzt schon sagen?

Wenn die Menschen nicht in ihrem normalen Alltag eingebunden sind, sondern- wie derzeit- im Haus festsitzen und vor Langeweile die Fliesen im Badezimmer zählen, kommen sie schon auf ulkige Ideen. Also, meine Leutchen leiden nun wahrlich nicht unter Langeweile. Aber auf dumme Ideen kommen sie trotzdem. So beschließen sie zusammen mit unseren Nachbarn, dass im Sommer das ganze Haus einen neuen Anstrich erhalten soll. Was soll dieser Quatsch? Egal, sie wollen es so. Und damit halsen sie sich zusätzliche Arbeit auf, die eigentlich nicht nötig gewesen wäre.

Sie kennen unser Haus? Dann wissen sie auch, dass in den Jahren, seit Dagi und Jochi dieses Haus bewohnen, ein botanischer Irrgarten an der Hauswand entstanden ist. Mit anderen Worten: es sprießt und wuchert die eine oder andere Kletterpflanze an der Hauswand hoch und macht sich genüsslich breit. Derartige Rankgewächse müssen natürlich vor einem

Neuanstrich entfernt werden. Das hat mein lieber Menschenpapa nun davon- er ist gefragt und muss ran an die Schlingpflanzen. Sieht im Übrigen lustig aus, wie er da an der Hauswand klebt und versucht, das Grünzeug zu beseitigen.

Er hat es nicht anders gewollt. Aber irgendwie hat die Natur ein Einsehen und schickt uns Mitte des Monats eine deftige Kaltwetterfront. Bei diesem Wetter pflegen kleine Kätzchen- wie ich es nun einmal bin- im Haus zu bleiben. Jochi übrigens auch. Er vertagt das Pflanzenentfernungsvorhaben. Typisch Richter, kann ich da nur anmerken. Vertagung ist immer gut.

Willkommene Abwechslung erfolgt allein durch Tamika und Tessa im Haus, die mal wieder Schwung in die Bude bringen.

Mir gefällt das - meinen Menscheneltern ohnehin.

Dagi muss ihren Führerschein erneuern lassen. Warum das so ist, weiß ich nicht, verstehe ich auch nicht. Wahrscheinlich muss die Bürokratie wach gehalten werden, sonst müssten die Behörden auch noch für Betten in den Büros sorgen. Anders kann ich mir das nicht vorstellen- denn sie kann ja Auto fahren. Meine ich jedenfalls. Durch den Wohnsitzwechsel schläft bzw. sitzt ihre zuständige Behörde in Bergen auf Rügen. Was heißt das für Dagi und Jochi- und natürlich auch für mich? Na klar! Sachen packen und los geht es. Nach Sellin mal wieder. Macht mir dieses Mal aber gar nichts aus. Ich freue mich sogar; denn mir ist bewusst, dass immer noch Corona die Oberhand hat- auch auf der Insel- und dass deshalb unsere Wohnanlage leer ist und nur auf uns wartet. Nicht nur die Wohnanlage übrigens. Wir Katzen verfügen nämlich über ein ausgezeichnetes und ausgeprägtes und übersinnliches Tele-kommunikationsgeschick. So erfährt auch mein liebes Katerchen, dass ich komme und bald wieder in seiner Nähe bin.

Wie erwartet- die Insel ist leer und Sellin ist verwaist. Und doch gibt es etwas Neues. Meine beiden Mitstreiter sind ziemlich geschockt: in den letzten paar Wochen ist das alte Kurhaus- also, alt ist relativ, denn es war noch nicht einmal 30 Jahre alt- komplett beseitigt und entfernt worden. Eine Wohneigentumsanlage soll hier neu entstehen. Noch eine, na danke schön.

Ruhig sind die Tage. Also gerade richtig für mich. Ich kann mich prächtig erholen, durch die Gegend streifen, mit den Nachbartieren plauschen und ab und zu auch von meinem Kater (da fällt mir auf, er hat mir noch nicht einmal seinen Namen genannt) unter der Hecke vor dem Haus so richtig verwöhnen lassen.

Auch meine Menscheneltern lassen die Seele baumeln. Arbeiten im Haus fallen praktisch nicht an. Bis auf die Heizung, die plötzlich streikt. Aber da ist Jochi überfordert und ein Monteur muss die Sache richten. Ansonsten sind die zwei Unruhegeister aber auch wieder viel unterwegs, nicht nur wegen Dagi`s neuem Führerschein. Sie gehen am Strand ausgiebig spazieren, kaufen in Binz ein (was tatsächlich geht- mit Maske natürlich) oder schlendern einfach nur durch das menschenleere Sellin. Das heißt, so ganz menschenleer ist Sellin ja nicht. Denn, wie bereits gesagt, auf der Baustelle am alten Kurhaus, geht es total hektisch und turbulent zu. Zum Glück gibt es keine Kurgäste, die diesen Lärm ertragen müssen.

Abends sitzen wir drei gemeinsam vor dem Fernseher und sind erschöpft. Ich davon, dass ich deutlich mehr Auslauf habe als in Hartha. So viel ungestörten Freiraum bin ich gar nicht mehr gewohnt. Die Beiden rechts und links neben mir auf der Couch sind erschöpft von dem immer noch herrschenden Mangel: Mangel an Kultur, Mangel an Veranstaltungen und Konzerten, Mangel an allem, was das Leben lebenswert macht- meinen sie jedenfalls. Trotz Erschöpfung, wir genießen wieder einmal die Tage an der See.

Die Woche auf Rügen ist schnell vorbei und wir sind Anfang April wieder zurück in der alten Heimat.

Ostern steht vor der Tür. Osterhasen habe ich allerdings noch nicht gesehen, obwohl ich das schöne Wetter ausnutze und fast ständig draußen bin. Ein Fuchs treibt hier sein Unwesen- das habe ich schon mitgekriegt. Aber Osterhasen, also richtige

Osterhasen, solche, die man auch mal vor sich her jagen kann- irgendwie Fehlanzeige. Was mir insoweit als Osterhasenersatz vor dem Haus von meinen Leutchen geboten wird, kann man irgendwie lustig finden. Aber imponieren tut mir das gar nicht. Außerdem ist dieser Strohtyp wenig unterhaltsam und Respekt vor einer Katze geht ihm total ab.

Natürlich spielen Dagi und Jochi bei ihren Enkeltöchtern in Mockritz ein bisschen Osterhase. Aber das war es dann auch. Richtige unbeschwerte Ostereiersuche findet dann wieder im nächsten Jahr statt- hoffentlich.

In den folgenden Tagen sind meine beiden zweibeinigen Mitbewohner ungewohnt angespannt. Warum das so ist, kann ich zunächst gar nicht begreifen. Sie erklären mir, sie hätten nun tatsächlich ihre ersten Impftermine gegen Corona. Erst Dagi in Pirna und dann Jochi in Dresden. Na und- was ist so besonderes daran? Ich habe auch schon den einen oder anderen Piks erhalten. Unangenehm- aber ist halt so. Nein, meinen meine ach so gebildeten Klugscheißer- so einfach sei das nicht. Wenn man erst einmal gegen Corona geimpft sei, dann würde wieder ein Stück Normalität einziehen ins ganz alltägliche Leben, Beschränkungen würden wegfallen und das Leben würde wieder einen Sinn haben. Wie schön für sie. Drei Wochen später sind beide vollständig geimpft - und jetzt schauen wir mal, ob sich das bewahrheitet mit dem ganz normalen Leben.

Zunächst jedenfalls ist wenig zu spüren von einer großartigen Veränderung im alltäglichen Lebensrhythmus. Man vertreibt sich weiterhin die meiste Zeit im Haus und im Garten oder marschiert durch den Tharandter Wald. Einkehr im Imbiss am Grillenburger Teich. Das Essen schmeckt und das Bier auch- aber unter einem prickelnden Abenteuer verstehe ich etwas anderes.

Es bleibt also weitgehend bei den häuslichen Arbeiten, denen sich meine beiden Mitstreiter widmen. Den Garten in Schwung bringen zum Beispiel. Oder mal den Keller entrümpeln. Es ist schon erstaunlich, was sich so ansammelt im Laufe der Zeit. Bei den Menschen muss das irgendwie in den Genen liegen- das Sammeln und Horten- und das genüssliche Ergötzen an all dem unnötigen Krempel. Brauche ich nicht. Meine sammelwütigen Mitbewohner würden ganz schön gucken, wenn ich es ihnen gleich täte und meine Jagdtrophäen horten würde. Ich überlege noch. Vielleicht wäre das als Erziehungsmaßnahme gar nicht so schlecht. Schau `n wir mal.

Ich liege oben auf meinem geliebten Katzenkratzbaum, ganz gemütlich, und versuche, ungestörten Mittagschlaf zu halten. Werde aber erneut gestört, da Jochi mit Farbeimern, Pinseln, Leiter und Abdeckplanen erscheint und mich aus dem Schlaf reißt. Was soll das nun schon wieder? So allmählich bekomme ich aber mit, was er vorhat. Er will das Dach streichen. Besser gesagt, die langsam in die Jahre gekommene und unansehnlich gewordene Holzverkleidung soll aufgefrischt werden. Mit weißer Farbe. Kein leichtes Unterfangen- muss ich zugestehen. Aber was geht das mich an. Soll er doch rumwerkeln, wenn ihm nichts Besseres einfällt. Gepflegter Mittagschlaf wäre auf alle Fälle weniger belastend- finde ich jedenfalls.

Zieht sich ziemlich hin, diese Aktion. Keine Arbeit von wenigen Tagen, zumal sich Jochi ziemlich verrenken muss, um mit dem

Pinsel in alle Ecken zu kommen. Neben der Pinselei werden auch noch neue Lampen montiert. Nicht von Jochi natürlich- da müssen Handwerker ran. Hätte ich ihm ansonsten auch nicht erlaubt. Ich will doch nicht, dass mein Menschenpapa von der Leiter kippt. In dieser Zeit steht das Dachgeschoss für andere Dinge natürlich nur eingeschränkt zur Verfügung. Fernsehen am Abend geht; die Näherei muss allerdings zurückstecken. Und auch ich kann mich nicht so ausbreiten, wie ich es gewohnt bin. Aber es gibt ja auch noch andere Fleckchen im Haus, die man durchaus als katzengerecht bezeichnen kann.

Im Endeffekt sieht dann das vollbrachte Werk durchaus gelungen aus. Das gestehe ich gerne. Nur noch die Bilder im Treppenaufgang müssen entfernt werden, weil auch hier eine Renovierung erfolgen soll. Hier sind dann professionelle Maler am Werk- mit Gerüst und so. Der Grund liegt auf der Hand- bzw. der Pfote, wenn man sich die Höhe der Wand ansieht: zu gefährlich ohne stabiles Gerüst für meinen nicht mehr so ganz jugendlich-frischen Möchtegernhandwerker. Das Aufhängen der fast 100 Bilder erfolgt aber dann wieder durch meine Leute. Sehr lustig anzusehen, wie sie da an der Wand rumkraxeln und versuchen, ihre Galeriewand wieder in Reihe und Glied zu bekommen. Sie schaffen das- na klar. Sie schaffen immer das, was sie sich in ihren Köpfen so vornehmen, die zwei beiden. Nur wie sie das schaffen- das ist schon sehenswert. Das ist geradezu filmreif. Leider kann ich die Videokamera meines großen Meisters nicht bedienen. Ein Umstand, den ich zunehmend bedauere, zumal sich die filmreifen Szenen in dieser, unserer Familie häufen. Der Dank geht an Jochen und seine alternden Knochen.

Nein. Liebe Leserin und lieber Leser, ich bin nicht sarkastisch. Ganz und gar nicht. Und über meine lieben Menscheneltern will ich mich auch gar nicht lustig machen. Aber was wahr ist, ist eben wahr. Und ich bin ja nun einmal eine juristisch geprägte Katze und somit der Wahrheit beim Abfassen der

Chronik verpflichtet. So, das musste einfach mal gesagt werden.

Wie geht es weiter?- Wir befinden uns inzwischen im Mai, dem Wonnemonat. Corona hat auch weiterhin das Sagen- und wir spüren das auch. Praktisch hautnah, denn die direkten Nachbarn sind in Quarantäne. Bei uns allerdings herrscht der ganz normale Alltag: Dagi sitzt an der Nähmaschine und näht für die Enkel; Jochi sitzt am Computer und bastelt an irgendwelchen Filmen herum, ist jetzt sogar auf die Idee gekommen, alte Schallplatten zu digitalisieren. In meinen Augen totaler Quatsch, weil man doch alles aus dem Internet herunterziehen kann. Aber auf mich hört man ja ohnehin nicht. Beide wuseln im Garten herum: die Frühjahrsbestellung ist angesagt.

Aber so ganz können meine beiden quirligen Mitbewohner ihren Drang nach Abenteuer und Freiheit doch nicht unterdrücken. Bald steht ihre letztjährige Neuerwerbung, das schmucke Wohnmobil, wieder vor der Tür. Große Touren stehen nicht an. Aber Tagesausflüge sind drin. Zum Beispiel ganz einfach einmal durchs Erzgebirge fahren: Marienberg oder Annaberg-Buchholz. Auch wenn die kleinen Städtchen fast ausgestorben sind. Zu sehen gibt es immer etwas. Die Augustusburg zum Beispiel oder der noch schneebedeckte Fichtelberg. Warum denn in die Ferne schweifen?

Sachsen ist doch auch schön. Und selbst wenn es mit der Einkehr in ein Lokal nicht so recht klappen will in diesen verrückten Zeiten: man ist ja autark. Das Essen auf vier

Rädern ist gesichert und an Getränken mangelt es bei meinen trinkfesten Mitstreitern ohnehin nicht.

Und dann geht es wieder einmal nach Sellin. Mich berührt das kaum noch. Nun ja, die lange Autofahrt ist schon nervig. Daran werde ich mich wohl nie so recht gewöhnen. Aber oben, in meinem zweiten ersten Zuhause bin ich doch wieder voll bei der Sache und erkunde sofort die Gegend, nachdem man mich aus meiner Transportbox befreit hat. Besondere Ereignisse gibt es nicht. Wie auch- es herrscht weiterhin tiefster Lockdown. Die

Menschen fehlen- aber den Tieren geht es gut. Was will man mehr?

Ruhig sind die Tage hier oben an der Küste. Auch meine Menscheneltern sind völlig entspannt. Arbeiten im Haus sind kaum notwendig. So gehen sie spazieren oder fahren in der Gegend herum. So sollte es eigentlich sein- im Urlaub.

Aber irgendwie sind die beiden doch durch den Wind. Es fehlt ihnen etwas- das Leben. Ich weiß: sie brauchen das irgendwie, den Trubel, die Abwechslung. Ich brauche das nicht. Und deshalb dürfen mich meine unsteten Futterlieferanten gerne auch am Bürzel.......

Eine Woche Ostsee, dann geht es wieder zurück nach Hartha. Viel Neues kann ich dieses Mal meinem „Zungi" nicht berichten- er mir auch nicht. Denn auch hier ist das Leben praktisch eingeschlafen.

Doch dann passiert etwas Ungeheuerliches. Ich muss ihnen das einfach erzählen. Gerade habe ich mich von der langen Autofahrt so einigermaßen beruhigt, da packt mich Dagi schon wieder in diese enge Transportbox und fährt mit mir zum Tierarzt. Routinekontrolle, meint sie, das müsse sein. Tatsächlich ist das allerdings der blanke Horror. Und ich darf ihnen versichern, extrem wütende 3,5 KG Katze können ganz schön anstrengend sein- für Frauchen und Tierarzt samt Hilfsperson.

Abgesehen von dieser Tortur, spielt sich das häusliche Leben wieder im normalen Rhythmus ab. Das Wohnmobil wird mal wieder kurzzeitig aktiviert. Meine Leutchen touren im Osterzgebirge rum, blicken auch mal über die tschechische Grenze. Das geht inzwischen hier jedenfalls wieder - besser als gar nichts.

Und auch mit dem Tanzen geht es so langsam wieder los. Am 3. Juni sind meine beiden quirligen Mitbewohner wieder in der Tanzschule. Nach vielen Monaten Pause, in denen sie nur im häuslichen Wohnzimmer ihre Hufe schwingen konnten: das erste Mal wieder Unterricht im großen Kreis. Es freut mich für sie. Sie glauben gar nicht, wie sehr ich auch darunter gelitten habe, dass alles zu, abgeschottet und dicht war. Keine Kulturveranstaltungen, kein Leben. Wie gesagt, mir ist das persönlich ziemlich egal. Ich komme sehr gut ohne Trubel und dergleichen aus. Doch wenn sie tagtäglich diese zwei lethargischen Gestalten im Haus erleben müssen, die bei guten Zeiten die Veranstaltungsseiten in der Zeitung förmlich verschlingen und danach lechzen, etwas Kultur und Musik vorgesetzt zu bekommen, nunmehr aber stumpfsinnig zu Hause vor sich hindümpeln, dann ist jede noch so kleine Veranstaltung ein Gewinn. Vor allem für mich- ich habe meine Ruhe und muss kein Lamentieren ertragen.

Ich genieße es auch, wenn Tamika und Tessa mal wieder zu Besuch kommen.

Natürlich nur aus sicherer Entfernung. Denn ein bisschen quirlig sind die zwei kleinen Geister schon. Aber irgendwie ist es ja auch schön, die beiden lebhaften Mädchen zu erleben- aber wie gesagt, aus sicherer Entfernung. Ich habe da so meine Plätzchen unter den Bäumen, von denen aus ich alles sehen kann, aber selbst nicht gesehen werde.

Das Wohnmobil steht erneut vor der Tür. Ich ahne nichts Gutes- und fühle mich in meiner Vorahnung auch voll bestätigt. Meine Leutchen wollen auf Tour gehen, bereiten alles vor und machen das Wohnmobil startklar. Ich bin mir unklar darüber, ob ich sauer oder erleichtert sein soll, weil meine zwei unsteten Mitbewohner ein Ziel vor Augen haben- in diesen verrückten Zeiten. Letztlich überwiegt doch mein Mitgefühl. Ich bin noch nicht so weit, um selbst in dieses merkwürdige Gefährt zu steigen, um mit ihnen Urlaub zu machen. Angeboten haben sie es zwar. Aber ich brauche meine vertraute Umgebung. Jeden Tag auf einem anderen Campingplatz- das ist nichts für mich. Und Taubenheim ist ja auch nicht so schlecht. Man kennt mich und ich werde dort liebevoll behandelt. Also

entscheide ich mich für Taubenheim-
mögen Dagi und Jochi von mir aus durch
die Gegend kutschen. Ich gönne es ihnen-
also echt- ganz ehrlich. Was sie sehen und
erleben bekomme ich ja ohnehin zu sehen,
wenn Jochi später seine Filme wieder
zusammengeschnippelt hat.

Ruhig geht es los bei den beiden. Durchs
Vogtland touren sie, fahren an der
Göltschtalbrücke vorbei bis nach
Klingenthal. Dort ist ihre erste Station auf
einem etwas gewöhnungsbedürftigen
Campingplatz.

Am nächsten Morgen steht das Musikinstrumentenmuseum in dem kleinen Markneukirchen auf dem Plan. Wollte Dagi schon immer sehen, so musikaffin, wie sie ist.

Hier im Vogtland ist sozusagen die Wiege des Instrumentenbaus. Und Dagi ist begeistert- Jochi findet das Museum auch recht nett.

Das Wetter ist ausgesprochen schön, und so genießen sie auch die Fahrt zum nächsten Etappenziel: Kulmbach. Bekannt nicht nur wegen seiner schönen Altstadt und der Plassenburg, sondern vor allem wegen des Bieres. Muss man natürlich probieren- na klar. Und auch am Folgetag steht ein „Muss" auf der Liste: das Eisenbahnmuseum in Neuenberg-Wirsberg.

Nun kommt auch Jochi auf seine Kosten. Dampflokromantik für meinen Eisenbahnfan, alte Musikinstrumente für Dagi und frische Sahne für mich in Taubenheim- also alles paletti.

In Bamberg verbringen meine ruhelosen Weltenbummler einen sehr schönen Tag mit Katrin und Wolfgang, lieben Freunden von Dagi und Jochi. Inzwischen auch im Ruhestand können sie von ihrer schmucken Penthauswohnung den herrlichen Blick über die Dächer von Bambergs Altstadt bewundern. Ein sehr schöner und harmonischer Abend sei dies gewesen- schwärmen meine beiden Menscheneltern noch später, als sie wieder zu Hause sind und der Alltag (gibt's den bei Ruheständlern?) sie eingeholt hat.

Als nächstes steht Regensburg auf dem Programm- Besichtigung der Stadt und natürlich der Walhalla, der Ruhmeshalle für die großen deutschen Dichter und Denker. Solche Monumentalgebäude sind irgendwie Relikte einer fernen und längst vergangenen Zeit- meint Jochi später. Einerseits sehr eindrucksvoll gestaltet - und andererseits weit entfernt von der heutigen Zeit und ihren Ideen und Vorstellungen. Na klar, möchte ich da mal kurz anmerken- deshalb fährt man ja auch dahin und schaut sich diese Bauwerke an. Ist ja Kunst und Geschichte und Kultur- alles das, was meine Leutchen so sehen wollen. Da also die Walhalla- gestaltet wie ein antiker griechischer Tempel und dort die Befreiungshalle in Kelheim, die einen Tag später besichtigt wird. Ein kolossaler Rundbau, der an die Befreiungskriege erinnert anfangs des 19. Jahrhunderts, als die deutschen Volksstämme sich gegen Napoleon aufgelehnt haben. Alles sehr wuchtig und voluminös. Aber so war das damals- wie Jochi schon sagte: jede Zeit, jede Epoche hat ihre eigenen Vorstellungen von Präsenz und Ausstrahlung- heute ist dafür das Internet zuständig. Wobei- Einschub von mir- in einigen Ländern auf dieser schönen Welt pflegt man durchaus noch die arkaische analoge Macht einer überdimensionalen Kulisse.

Das Kloster Weltenburg hat historische Bedeutung und ist sehr sehenswert. Die älteste Klosterbrauerei Deutschlands gibt es hier. Das hat doch was. Natürlich machen Dagi und Jochi hier Station. Nicht nur des Bieres wegen, sondern auch wegen der schönen barocken Kirche. Und hier machen sie obendrein eine völlig neue Erfahrung.

Sie fahren vom Parkplatz aus zum Kloster mit einem autonomen Bus. Also ein selbstfahrender Bus- ohne Fahrer. Sie erreichen trotzdem ihr Ziel.

Abends sind sie dann in Gunzenhausen. Kennen sie nicht? Sollten sie aber. Ein hübsches Städtchen, gelegen an der fränkischen Seenplatte. Und vor allem gibt es hier hervorragendes fränkisches Schäufele. Kennen sie auch nicht? Sollten sie aber.

Thea und Lina, zwei ganz liebe Urlaubsbekanntschaften aus dem früheren Kolumbien-Urlaub laden Dagi und Jochi zur Kostprobe dieses aus Schweineschulter bestehenden Gerichts ein. Extrem lecker sei dieses Festmahl, meinen meine beiden Gourmets später. Und lustig sei der Abend gewesen mit ihren beiden Freundinnen. Na toll, wenn die beiden sich wohl fühlen, will ich auch nicht klagen. Ich bekomme zwar kein Schäufele vorgesetzt, aber ein Portiönchen Schlagsahne ist ja auch nicht zu verachten.

Wie geht es weiter mit meinen Wohnmobil-Nomaden? So langsam wieder in Richtung Norden. Stadtbummel und Mittagessen in Würzburg, abends ohne fernsehen auf einem Campingplatz in Gemünden. Kein Empfang in der Wildnis. Ich finde, in die Glotze zu schauen, muss im Urlaub wirklich nicht sein. Der Sternenhimmel ist doch auch ganz schön.

Am 20. Juni kehren sie Heim- besichtigen morgens noch Fulda und touren dann über die Autobahn an Eisenach, Erfurt, Weimar, Jena und Chemnitz zurück ins heimatliche Hartha. Einen Tag später werde auch ich abgeholt aus meinem Urlaubsparadies in Taubenheim.

Wollen sie wissen, was in den nächsten Tagen so passiert bei uns? Kann ich mir eigentlich gar nicht vorstellen- das liegt doch auf der Hand; das Wohnmobil muss ausgeräumt und sauber gemacht werden, der Garten wuchert prächtig und muss gestutzt werden und Wäsche waschen liegt auch an. Und Jochi? Na, was macht der schon?- Sitzt vor seinem Computer und bastelt den Urlaubsfilm zusammen, den ich mir dann wieder ansehen muss- pardon... „ansehen darf„ muss es natürlich heißen. Ich will mich ja mit meinen Futterlieferanten nicht anlegen.

So vergeht die erste Nachurlaubswoche. Und dann gibt es tatsächlich so etwas wie Kultur für meine unsteten Leutchen- Ende Juni wohlgemerkt- zum ersten Mal in diesem Jahr.

Das Radeberger Biertheater gastiert im Garten vor dem Haus der Presse. „Aber bitte mit Sahne" heißt das Stück. Recht lustig- das ist wichtig in diesen Zeiten. Aber traurig für die Schauspieler. Sie müssen vor einer Handvoll Zuschauer spielen. Mehr geht nicht, wegen Corona. Arme Kultur.

Leid tut mir irgendwie auch mein Menschenpapa ein bisschen. Eigentlich sollte an diesem Wochenende die Feier zu seinem Goldenen Abitur in Hannover stattfinden. Die wurde von letztem auf dieses Jahr verschoben und ist nun gänzlich abgesagt worden. Kein Wiedersehen mit den Lümmeln von damals also. Ich sehe, dass ihm diese Absage doch recht weh tut. Wäre ja etwas Besonderes gewesen, so über alte Zeiten und Schulstreiche zu sprechen. Und wer hat wieder einmal Schuld- ach so, sie wissen das natürlich.

Die Alternative zur großen Abiturfeier sieht eher bescheiden aus. Na klar, Dagi und Jochi können natürlich nicht still zu Hause sitzen, vertreten sich irgendwie die Beine und schauen sich ein Wildwasserrennen von Kanuten im Rabenauer Grund an. Pfui Teufel, wenn ich allein daran denke, wie kalt und nass die Weißeritz ist, wird mir schon übel. Und zu allem Überfluss gibt es dann abends auch noch ein wirklich kräftiges Gewitter. Also so richtig mit Krawumm. Da reicht es nicht, wenn ich mich unter die Couch verkrieche oder in den Keller. Letzte Rettung in diesem besonderen Notfall ist das Bett meiner geliebten Zweibeiner. Dorthin verkrümele ich mich und bleibe auch die ganze Nacht, eingekuschelt und beschützt von den beiden, die sich rechts und links neben mir sehr klein machen müssen.

Ich hatte ja schon angedeutet, dass in diesem Jahr noch eine große Aktion am Haus erfolgen soll- nämlich ein kompletter Neuanstrich der Fassade. Dazu bedarf es Vorarbeiten, die nicht so „ohne" sind. Denn vielerlei Gewächs hat sich an der Hauswand breit und vor allem hoch gemacht. Das muss erst einmal entfernt werden. Und damit hat mein nicht mehr so ganz taufrischer männlicher Hausgenosse ganz schön zu kämpfen. Einfach abschneiden - geht nicht. Denn zumindest die Weinranken will er noch retten. Also- er kämpft mit Heckenschere und Säge und ich schaue zu und klatsche Beifall. Hätte ich vielleicht nicht machen sollen; denn prompt kommt die Retourkutsche. Bevor die Maler kommen, wollen sich meine beiden Mitstreiter noch einmal erholen- in Sellin natürlich. Das passt mir im Moment gar nicht. Ich war ja gerade erst im Urlaub in Taubenheim, brauche also partout keinen erneuten Urlaubsstress.

Wie sie schon richtig erraten, werden meine Argumente nicht akzeptiert. Meine Stimme zählt einfach nichts in diesem Haus. Die Abstimmung verläuft wie gewohnt 1 : 2 gegen mich. Sch....... Demokratie.

Also wieder einmal Sellin. Und es tut sich etwas- ich bin erstaunt. Das Leben ist auf die Insel und natürlich auch in unsere Wohnanlage zurückgekehrt. Das heißt aber gleichzeitig: ich muss wachsam sein. Es laufen wieder Menschen durch die Gegend- und Hunde natürlich auch. Aber ich habe ja meine Verstecke. Von daher ist alles in Ordnung. Die Autofahrt war zwar gewohnt

stressig. Doch hier oben ist die Welt wieder
in Ordnung.

Auch meine lieben häuslichen Fischköppe
blühen auf: der Fischkutter hat seinen
Betrieb wieder aufgenommen und sie
können dort mit Blick auf den See ihre
frischen Fischbrötchen genießen. Und auch
der sonntägliche Flohmarkt hat geöffnet.
Ein Umstand, um gleich mal kräftig
zuzuschlagen. Und um zum Beispiel ein
nettes Schild zu erwerben, das inzwischen
die Steilküste an unserem Hang in Hartha
absichert. Hoffentlich können meine Kater

lesen, wenn sie auf dem Weg zu mir den steilen Hang hinaufklettern.

Vorsicht Steilküste
Absturz- u. Abrutschgefahr!
Nicht klettern
Abstand halten
Staatl. Amt f. Umwelt
u. Natur Stralsund

Etwas ganz besonderes bietet der Aufenthalt hier oben dieses Mal für uns, in erster Linie aber für Dagi und Jochi: sein lieber ehemaliger Klassenkamerad und Freund Reinhard macht mit seiner Frau Brigitte gerade eine Kreuzfahrt entlang der Ostseeküste. Am Sonntag, dem 4. Juli legen sie in Lauterbach an und sind dann zu Gast bei uns. Ein netter Abend, sogar für mich. Das Wetter ist wunderschön und ich kann so aus sicherer Entfernung die angeregten Gespräche meiner Lieben mit ihren Freunden verfolgen.

Am Tag darauf findet am Hafen wieder mal ein Konzert statt, das meine beiden kultur-beflissenen Mitstreiter natürlich nicht verpassen, auch wenn das Wetter sich inzwischen verschlechtert hat. Aber das ist für die zwei unsteten Menschen natürlich kein Hinderungsgrund. Ich sehe das etwas anders; denn ich bin heute auf dem Rundgang durch die Wohnanlage ganz schön nass geworden, so dass mir erst einmal nicht der Sinn danach steht, die Wohnung zu verlassen.

Wie bereits angemerkt, das Leben hat wieder Besitz ergriffen von der schönen Insel Rügen und Dagi und Jochi sind mitten drin. Das ist auch an den nächsten Tagen so, an denen sie ein weiteres kleines Open-air Konzert an der Seebrücke verfolgen, und indem sie selbstverständlich auch ihr Lieblingskabarett, die „Lachmöwe" in Baabe besuchen, die inzwischen auch wieder spielt, und sich dort wie gewohnt köstlich amüsieren.

Eine gute Woche lang lassen wir es uns gut gehen an der Küste, müssen dann aber wieder zurück ins ebenso schöne Sachsen. Das liegt zum einen daran, dass die untere Wohnung nunmehr vermietet ist und ich daher keine Möglichkeit hätte, meine gewohnten Rundgänge zu machen. Das wollen wir nicht- weder meine Menscheneltern noch ich. Übrigens- nach unserer Abfahrt hat es ein Unwetter in Sellin gegeben mit anschließendem Stromausfall in der unteren Wohnung. Wie gut, dass wir da schon weg waren.

Entscheidend aber für die Rückfahrt ist: es ist soweit. Es wird ernst und geht los mit der Streicherei am Haus in Hartha. Zunächst kommen aber erst einmal die Gerüstbauer und rüsten das Haus ein. Das geht sehr fix. Und bevor am Abend ein kräftiges Gewitter aufzieht, das auch hier die Stromversorgung für einige Zeit lahm legt, steht das Haus eingerüstet da und wartet auf die weiteren Ereignisse. Ich sehe mir das Werk allerdings erst am nächsten Tag an. Den heutigen Abend verbringe ich vorsichtshalber unter der Eisenbahnanlage im Keller- sie wissen schon, Gewitter ist nicht so mein Ding.

Am nächsten Tag wage ich mich dann aber doch raus und kann mich schon wieder kaum einkriegen. Dieses Mal allerdings vor Lachen.

Der erste Typ, der dort oben in luftiger Höhe auf den schwankenden Brettern rumturnt ist mein lieber Jochi- oder soll ich lieber sagen Opa Jochi. Egal- der alte Knochen tobt jedenfalls da oben herum und säubert erst einmal die Dachrinnen. Respekt alter Knabe, ich hoffe, sie spüren meinen leicht ironischen Unterton. Lustig jedenfalls sehen seine Verrenkungen allemal aus.

Die Maler ihrerseits arbeiten sehr gut und flott. Innerhalb weniger Tage haben sie ihre Arbeit abgeschlossen und unser Haus erstrahlt wieder im frischen Glanz.

 Vorher

Nacher

Und ich beim Beobachten der Arbeiten

Irgendwie haben meine Leutchen Glück gehabt mit dem Wetter bei ihrer Streichaktion. Denn gegen Mitte Juli wird es ziemlich mies draussen. Nicht so schlimm wie im Westen Deutschlands- im Ahrtal zum Beispiel- wie ich aus den Nachrichten entnehmen kann- wo es massive Überschwemmungen gibt. Aber eben doch ziemlich mies. Eine Open-air Veranstaltung in Freiberg, die sie mit ihren Freunden Marion und Jürgen besuchen wollten, fällt wegen des schlechten Wetters aus. Sie sind trotzdem nach Freiberg aufgebrochen und klönen ein wenig mit den beiden.

Ansonsten verlaufen die nächsten Tage ruhig und in den gewohnten Bahnen.

Das Gerüst am Haus wird wieder entfernt und Jochi kann die Rankgitter streichen und seine Weinrebe und andere Pflanzen wieder an der Hauswand befestigen. Und er sitzt auch am Computer und bastelt akribisch ein Filmchen zusammen. Dieses filmische Kunstwerk ist für Henning bestimmt. Der große Sohn meines Hollywood-Aspiranten feiert nämlich bald seinen 40igsten Geburtstag und soll einen Rückblick auf sein bisheriges Leben in nicht ganz so ernst gemeinten bewegten Bildern erhalten. Und Dagi breitet sich wie gehabt im Dachgeschoss aus, belegt die mir zugedachten Schlafplätze mit Stoffen und Nähutensilien und kämpft mit ihrer Nähmaschine.

Tanzabende finden zur Freude meiner beiden gazellengleichen Wesen nun wieder regelmäßig statt und auch Chorproben kann meine sangesfreudige Menschenmami jetzt wieder wahrnehmen. Vorerst jedenfalls. Auch Besuch kann man inzwischen wieder empfangen: die sozialen Kontakte, auf die meine zweibeinigen Mitbewohner so viel

Wert legen. Ich ja eigentlich auch. Im Gegensatz zu den Menschen sind bei uns Tieren die sozialen Kontakte allerdings auch in Coronazeiten nie eingeschlafen. Mein Kater „Zungi" schaut täglich bei mir vorbei und erzählt mir das Neueste aus der Nachbarschaft. Auch die anderen Kater-Bekanntschaften pflege ich. Allein auf ein Zusammentreffen mit meiner Intimfeindin Lola kann ich getrost verzichten.

Meine Leutchen erhalten also Besuch von Andrea und Thomas Dietrich, lieben Freunden, die ebenfalls begeisterte Tänzer sind. Und extrem kulturgeschichtlich bewandert. Also genau die richtigen Gesprächspartner für Dagi und Jochi. Und weil das Wetter sich inzwischen auch wieder von seiner schönen Seite zeigt, lassen sich auch gerne Sarah, Karsten und die beiden kleinen Irrwische bei uns blicken. Der Nachbar Helmut wird 75. Auch wenn eine großartige Feier unter den gegenwärtigen Umständen nicht möglich ist: gratulieren kann man natürlich und auf sein Wohl anzustoßen ist einfach ein Muss.

Aber es gibt auch noch mehr. Endlich wieder Kultur auf richtiger Bühne. Am 27. Juli sind Dagi und Jochi am Schloss Übigau und sehen eine Aufführung von „Alice im Wunderland". Eine tolle Inszenierung war das, wie sie mir später begeistert berichten mit viel Elan und Schwung sowie hervorragenden Akteuren, die das Publikum mitgerissen haben.

Ich teile die Begeisterung ohne jede Einschränkung, auch wenn ich selbst nicht dabei war. Schließlich weiß doch jeder, dass nicht eigentlich Alice die Hauptperson dieses Musicals ist, sondern die legändere Grinsekatze. Quod erat demonsdrandum.

Dienstag Schloss Übigau. Mittwoch Schloss Weesenstein. Was ist da denn los? Nun, Dagi und Jochi holen Tamika mittags vom Kindergarten ab, fahren zunächst mit ihr nach Pirna, wo es erst einmal ein großes Eis gibt. Und dann - wie gesagt- Schloss Weesenstein. Die drei nehmen an einer Führung für Kinder teil. „Königskinder" nennt sich die. Und dabei erfahren die interessierten anwesenden Knirpse (ich bitte um Entschuldigung- Tamika ist natürlich kein Knirps mehr), wie hochherrschaftliche Kinder früher in einem Schloss lebten bzw. leben mussten. Das ist ganz gewiss eindrucksvoll. Und vielleicht erfahren die Knirpse (s.o.) sogar, wie es den Katzen dereinst am Königshof so erging. Die gab es ja auch; denn ein Schloss ist ein wahrer Tummelplatz für Mäuse- übrigens meine Leibspeise.

Der Juli klingt ruhig aus. Pustekuchen- stimmt gar nicht. Am letzten Julitag kommt Henning mit seiner Familie zu Besuch. Sie sind auf dem Weg zu Edi`s Vater, der bekanntermaßen in Ada in Serbien wohnt. Also eine schön weite und anstrengende Tour von Lüneburg bis Ada. Zwischenstation dann bei uns. Und Peter und David bringen natürlich Schwung in die Bude. Sehr lustig- aber leider nur für eine Übernachtung. Auf dem Rückweg wollen sie wieder vorbeikommen- ich freue mich schon.

Jochi hat während des Besuchs ein paar Filmaufnahmen von Henning gemacht. Heimlich. Ich habe das aber sehr wohl gesehen. „Die Aufnahmen sollen in Hennings Geburtstagsfilm eingebaut werden", meint mein Menschenpapa, „ aber- psst- nichts weitersagen". In den nächsten Tagen sehe ich ihn dann, wie er an seinem Computer sitzt und schwitzt und an dem Überraschungsfilm bastelt. Ich bin gespannt auf das Resultat.

Der August beginnt sehr entspannt. Ganz ehrlich meine ich das- für mich jedenfalls. Meine häuslichen Unruhemitbewohner sind zwar immer irgendwie in „action". Aber solange sie mich nicht stören, ist doch alles wunderbar. Dagi fährt zu ihrer Mutter nach Halle- die wird 90 Jahre alt. Das ist doch was- aber eine Feier ist nicht drin. So fit ist sie dann doch nicht mehr. Auch im Barockgarten Großsedlitz treibt sich Dagi rum. Sie ist dort im Förderverein und beteiligt sich an einer Veranstaltung. Währenddessen werkelt Jochi im Garten rum, schneidet Äste, beseitigt Unkraut und streicht auch Bänke und Stühle. All das selbstverständlich unter meiner Aufsicht- sonst wird das nichts. Wie heißt es so schön: Respekt, wer`s selber macht. Ich genieße die Ruhe des Sonnabends, als beide nach Freital fahren zu Annett, der ehemaligen Sekretärin von Jochi (- der besten von allen, wie er mir sagt-)und ihrem Ehemann Jens. In deren Kleingarten verbringen sie ein paar richtig schöne Stunden. So soll es sein.

Andererseits vergeht der Geburtstag von Jochi am 9.August sehr ruhig. Keine Feier, auch keine Gäste. Warum auch- es ist ja kein runder, und außerdem fällt der Geburtstag auch noch auf einen Montag. Quasi als Ausgleich wollen meine beiden

Mitbewohner im nächsten Jahr mal wieder ein größeres Gartenfest auf die Beine stellen- in diesem Jahr ist dieses Vorhaben ins coronabedingte Wasser gefallen. Wenn es denn geht- ich hoffe das für sie und wünsche den beiden, dass es was wird mit ihren Plänen.

Die Woche verläuft ruhig, geht dann aber umso turbulenter zu Ende. Mich berührt das zunächst noch nicht. Denn am Sonnabend sind meine Lieben außer Haus, treffen sich in Freiberg erneut mit Marion und Jürgen und nehmen gemeinsam an einer Bierführung durch die Stadt teil.

„Bierführung"- was ist das denn? Es reicht doch, wenn man die Bierkisten im Keller stehen hat- empfinde ich jedenfalls. Meine zwei beiden leicht angeheiterten Schaumschläger sehen das anders. Bier sei nun einmal auch Kultur. Und wenn man solch eine wundervolle Kultur mit einem Streifzug durch die Geschichte der Bierstadt Freiberg verbinden könne, dann sei das etwas sehr Besonderes. Meinen sie und zeigen sich von dem Ausflug sehr angetan. Weitere Diskussionen erübrigen sich.

Dann zieht der bereits angekündigte Trubel ein- und die Katze zieht vorübergehend aus. Henning kehrt mit seiner Familie aus dem Serbienurlaub zurück mit erneuter Zwischenstation bei uns. Folge davon ist, dass mal wieder Leben einzieht in die Bude. Und einen Grund dafür kann auch ich sehr gut nachvollziehen: die beiden Jungs sind begeistert von der Eisenbahnanlage im Keller. Ich bekanntermaßen auch. Allerdings halten sich meine persönlichen Begeisterungsausbrüche über diesen Umstand gewöhnlich akustisch in Grenzen.

Kaum herrscht im Haus wieder Ruhe, sind meine eigenen häuslichen Unruhegeister schon wieder unterwegs. Wieder Freiberg. Wieder mit Marion und Jürgen. Am „Alte-Elisabeth-Schacht"- wird die Open-air Aufführung von William Shakespeares „Sommernachtstraum" nachgeholt, die kürzlich ja ins Wasser gefallen war- buchstäblich. Großes Theater vor vollem Haus und einer tollen Kulisse. Dagi und Jochi kehren spät am Abend und voller Begeisterung über dieses schöne Erlebnis zurück. Wie habe ich oben bereits angemerkt- es war ein volles Wochenende.

Vor ein paar Tagen ist die kleine Tessa 2 Jahre alt geworden- wie doch die Zeit vergeht. Ich kann mich noch gut an die aufregenden Momente erinnern, als sie zur Welt kam: nicht im, sondern vor dem Krankenhaus. Inzwischen ist sie ein richtiges kleines Mädchen geworden und freut sie riesig darüber, dass meine Leutchen in Mockritz vorbeischauen und ein Geburtstagsgeschenk abliefern. Und natürlich auch etwas Selbstgenähtes. Man ist ja modebewusst und will der großen Schwester in Nichts nachstehen.

Wir fahren am 21. August wieder einmal nach Sellin. Sie merken, ich bringe diesen Umstand total relaxed auf das Papier. Die lange Autofahrt will mir zwar immer noch nicht so recht schmecken. Aber ich weiß ja, dass ich entschädigt werde mit schönen Tagen an der See und netten Stunden mit meinem hübschen Katerchen, der mir seinen Namen noch immer nicht verraten hat.

Dagi und Jochi sind dieses Mal in der Pflicht, nach Sellin zu fahren. Sie haben einen Termin mit dem Elektriker, der überprüfen soll, welche Schäden das Unwetter angerichtet hat, das nach unserem letzten Aufenthalt erfolgt ist. Zum Glück ist alles nicht so schlimm wie befürchtet- wir können aufatmen und den weiteren Aufenthalt genießen. Bei meinen Menscheneltern geht das bereits am Sonntag los- natürlich wieder mit einem Flohmarktbummel. Dann sind die Beiden selbstverständlich auch wieder beim Hafenkonzert am Montag. Mit diesen Musikgeschehen im Sommerhalbjahr haben sich die Selliner etwas ganz Tolles ausgedacht. Bei meinen beiden Mitstreitern kommt dieser regelmäßige Event jedenfalls sehr gut an. Naja- und ein Besuch in der „Lachmöwe" darf natürlich auch nicht fehlen. Ausflüge und Spaziergänge auf der Insel machen sie wie gewohnt auch.

Die Insel ist zwar extrem gut besucht, aber meine Leutchen kennen inzwischen auch die Fleckchen, an denen sich gewöhnlich keine „Touris" aufhalten. Sehr viele Bundesbürger sind wild darauf, nach Zeiten des Lockdowns wieder reisen zu dürfen, ziehen es aber vor, im Inland zu bleiben. Die Ostsee bietet sich dafür geradezu an. So befinden sich in der Anlage auch Miteigentümer, die normalerweise ihre Wohnung vermieten, jetzt aber selber hier Urlaub machen. Man kennt sich- und so kommen sie abends auch mal auf ein Gläschen Wein bei uns vorbei.

Mir geht es ebenfalls blendend. Ich habe zwei Wohnungen für mich alleine, wenn meine Dienerschaft unterwegs ist und sich anderweitig amüsiert. Die Auswahl der Schlafmöglichkeiten, die ich hier habe, ist geradezu phänomenal- kein Vergleich mit Hartha. Und wenn die Tür offen ist und ich nach draußen kann, erwartet mich schon mein Katerchen. Er hat ein wunderschönes Plätzchen für uns entdeckt, an dem wir uns in trauter Zweisamkeit verstecken können. Dumm nur, dass Jochi uns durch Zufall dort entdeckt hat. Katerchen war darüber not amused und hat die Flucht ergriffen- allerdings nur für kurze Zeit. Mich lässt man nämlich nicht einfach im Stich.

Ach- etwas will ich noch anmerken: Jochi malt wieder. Farben, Pinsel und sogar eine Staffelei liegen in Sellin parat, bleiben aber gewöhnlich im Schrank liegen. Dieses Mal jedoch nicht. Ich finde es gut, wenn er ab und zu mal kreativ wird. Allein: unsere

Wohnungen sind derart mit Bildern behängt, dass man die Tapete darunter nur noch erahnen kann. Tip von mir: seine expressionistischen Werke würden sich sicher gut im Lions-Club Tharandt versteigern lassen. Das machen andere Laienkünstler auch.

Wir fahren am 27. August zurück nach Hartha. Schade eigentlich. Ich kann es nicht ändern. Meine beiden Bestimmer (naja?!) wollen es so. Aber meckern will ich auch nicht, denn mein anderes Zuhause ist ja auch nicht schlecht. Die Rückfahrt allerdings ist nervig.

Meine Mitreisenden benötigen ziemlich viel Schlagsahne, um mich bei einigermaßen erträglicher Laune zu halten.

Später dann bekomme ich mit, warum wir nicht länger an der Ostsee geblieben sind. Dagi und Jochi haben eine Einladung erhalten zum Abendessen in die „Villa Marie". Und zwar von ihrer lieben Freundin Bettina, die auf ihren runden Geburtstag in kleiner Runde anstoßen will. Okay- das verstehe ich. Liebe Freunde sind einfach unersetzlich. Eine solche Einladung kann man nicht ausschlagen. Und dann gibt es auch noch ein Festessen in der „Villa Marie", so ziemlich das Beste, was Dresden zu bieten hat- jedenfalls für menschliche Gourmets. Wir Katzen müssen- glaube ich- in diesem Haus außen vor bleiben. Egal- meine beiden Nicht- Kostverächter kehren jedenfalls durchaus beschwingt an diesem Abend nach Hause zurück, erzählen mir von den überaus anregenden Gesprächen, die sie geführt haben und dem wirklich hervorragendem Essen. Dabei schütten sie mir ein Päckchen Sheba in den Napf.

Nicht das, was in der „Villa Marie" gewöhnlich auf dem Teller landet, aber ich kann auch nicht meckern.

Liebe Leserin, lieber Leser,

das Jahr 2021 ist schon wieder zu 66,6 % an uns vorbeigerauscht. Eigentlich hatte ich mir vorgenommen, in diesen Zeiten, in denen ohnehin nichts los ist, weil nichts los sein darf, mich zurückzulehnen und die Augen zu schließen. Und sie erst wieder zu öffnen, wenn die aus den Fugen geratene Welt sich wieder beruhigt hat. Doch wenn ich so ganz langsam die bisherigen Ereignisse dieses Jahres an meinem geistigen Auge Revue passieren lasse, dann stelle ich fest, so ganz ohne ist selbst dieses Jahr nicht. Und das ermutigt mich, meine Augen wieder zu öffnen, den Griffel in die Hand zu nehmen (klingt poetisch, stimmt aber nicht, weil ich ganz profan an der Computer-Tastatur sitze), um auch noch über das letzte Drittel 2021 zu berichten.

Ich bitte um Aufmerksamkeit.

Irgendwie spüre ich, dass wieder etwas in der Luft liegt bei meinen Menscheneltern. Jochi ist sehr intensiv im Garten beschäftigt und bringt alles auf Vordermann- kein gutes Zeichen. Dagi wäscht und sortiert die Kleidung, stellt Kisten mit Lebensmitteln zusammen- auch kein gutes Zeichen. Aber dann fahren sie doch nur in die Stadt, lösen die Geburtstagsgutscheine für eine Fahrt auf dem Riesenrad ein und sehen sich Dresden von oben an.

Also nichts zu befürchten? Pustekuchen. Zurück kommen sie mit zwei Autos.

Dem PKW und dem Wohnmobil. Dachte ich es mir doch- sie haben schon wieder irgendetwas geplant. Und so ist es dann auch. Sie wollen noch einmal auf Tour gehen, teilen sie mir mit. Das schöne Wetter wollen sie ausnutzen. Das müsse ich doch verstehen. Verstehen kann ich das schon- also verstehen im Sinne von akustisch wahrnehmen. Aber nachvollziehen kann ich ihre Absicht nicht so recht: hier ist das Wetter doch auch sehr schön. Und vor allem- hier bin ich!

Egal. Zunächst einmal habe ich noch ein Wochenende Galgenfrist, ehe es nach Taubenheim geht. Weil, ja weil etwas ganz Besonderes ansteht an diesem 4. September: Tamika kommt in die Schule. Und eine Schuleinführung pflegt man bei uns in Sachsen ebenso ausschweifend zu feiern, wie zum Beispiel eine Hochzeit. Verstehe ich eigentlich nicht. Heiraten tut man doch gewöhnlich freiwillig, während der Eintritt in das Schülerleben eher einer Zwangsehe gleicht. Aber es ist halt so. Es wird großartig gefeiert und das Schulkind wird auch reich beschenkt. Von wegen- es erhält **eine** „Zuckertüte". Im Fall von Tamika sind es fast eine Wagenladung Zuckertüten, die sie nach Hause schleppen kann.

Und selbst für Tessa springt noch etwas raus bei dem Unternehmen Schulbeginn.

Es ist insgesamt also eine großartige und gelungene Feier in einem erweiterten Familienkreis. Gegessen wird gut und reichlich, getrunken auch. Und als Höhepunkt des Ganzen schaut am Nachmittag sogar Elsa, die Schneekönigin vorbei und spielt mit den Kindern.

Meine Menscheneltern sind entsprechend gut gelaunt, als sie wieder zu Hause eintreffen. Ich weniger, weil ich weiß, was mir bevorsteht. Deshalb schalte ich auf stur und beschließe, das Haus zu meiden. Wenn sie mich alleine lassen wollen, dann drehe ich halt den Spieß um und suche mir eine neue Umgebung. Also- Wanderschuhe angezogen und los geht es ......

Vielleicht doch keine so gute Idee. Der Wald ist doch recht groß und dunkel und ziemlich unheimlich. Gemütliche Fleckchen zum Schlafen finde ich auch nicht. Und für das leibliche Wohl muss ich selber sorgen. Schlagsahne kann ich mir abschminken. Also Kehrtwendung und zurück ins Grundbachtal. Jochi sucht mich schon- ich höre, wie er nach mir ruft und sehe, wie er mit einer Taschenlampe unter die Büsche leuchtet, die Fleckchen abklappert, die ich gewöhnlich aufsuche, wenn ich meine Ruhe haben will. Ich werde also vermisst. Gut zu wissen und irgendwie ja auch beruhigend. Sollen sie mich doch nach Taubenheim bringen. Sollen sie ruhig mit ihrem Wohnmobil durch die Gegend fahren. Sie können auf längere Zeit sowieso nicht auf mich verzichten- und ich nicht auf sie. Also- hier bin ich. Die zwei Wochen im Tierheim überstehe ich auch. Man kennt mich dort, man schätzt mich und ein paar Freundschaften habe ich im Laufe der Zeit auch geschlossen- auf den nervigen Papagei kann ich allerdings verzichten.

Mein Aufenthalt in Taubenheim dauert dann doch keine zwei Wochen sondern gerade einmal knappe 5 Tage. Warum das so ist? Nun- dazu später mehr.

Zunächst werde ich also am Montag, dem 6. September von Dagi an meine bekannte Urlaubsadresse verbracht und dort liebevoll verabschiedet. Jochi macht währenddessen das Haus auf Rädern startklar, so dass die

Beiden nach Dagi`s Rückkehr ihre Fahrt antreten können. Sie fahren zunächst bis zur Müritz und schauen sich das idyllische Städtchen Waren an.

Übernachtung dann in Plau am See. Auch sehr hübsch.

Wie ich Jochi`s Filmaufnahmen entnehme, schlendern sie am folgenden Morgen durch Plau. Keine Hektik- sie sind im Urlaub. Und für sie ist diese Region Neuland. Finde ich ziemlich erstaunlich, wo sie doch sonst schon die halbe Welt bereist haben.

Weiter geht es nach Ludwigslust. Auch sehr schön. Vor allem das Schloss, das erst kürzlich auf Vordermann gebracht wurde und frisch renoviert die Besucher begrüßt.

Meine Leutchen empfinden es als sehr angenehm, dass der Wohnmobilstellplatz praktisch vor dem Schlosstor angesiedelt ist. Die Kommunen scheinen zu verstehen, dass den Wohnmobil-Reisenden die Zukunft gehört.

Nächster Halt: Mölln. Bitte Aussteigen zu einem Rundgang durch dieses wunderhübsche kleine Städtchen und zu einem Tete-a-Tete mit seinem berühmtesten

Einwohner, dem sagenumwobenen Helden vergangener Zeiten: Till Eulenspiegel.

Vorbei an der Ratzeburger Seenplatte geht die Fahrt weiter bis Lübeck. Natürlich auch hier ein Stadtbummel mit dem Blick auf das Holstentor- ein Muss, wenn man schon einmal in dieser Region ist.

Ziel der heutigen Etappe ist der Westensee in der Nähe von Kiel. Ein hübsches Fleckchen Erde. Und hier bekommen meine Leutchen

Bald nach ihrer Ankunft auch Besuch. Von Karin, ihrer lieben Freundin. Man hat sich vor langer Zeit kennen gelernt bei einer Rundreise durch Guatemala. Ist ein bisschen weiter weg als Schleswig-Holstein, habe ich mir sagen lassen.

Ein schönes Wiedersehen. Und ein paar sehr schöne Stunden verbringen die Drei an diesem Nachmittag und Abend.

Und auch am nächsten Morgen treffen Dagi und Jochi ihre Freundin Karin noch einmal. Sie schauen kurz in ihrer Wohnung in Melsdorf vorbei und bestaunen die umfangreiche Eulensammlung.

Zu diesem Zeitpunkt allerdings hatten sie bereits beschlossen, die Reise nicht fortzusetzen, sondern Kehrt zu machen und nach Hartha zurückzukehren. Sie erinnern sich- ich hatte das bereits angedeutet.

Mein lieber Jochi fühlt sich nämlich nicht besonders. Man kann auch sagen, er fühlt sich hundsmiserabel (für negative Dinge müssen Hunde herhalten- das ist nun mal so). Kein Besuch bei den Kindern und Enkelkindern in Sasel und Lüneburg, keine Geburtstagsfeier bei Henning. Schön ist das nicht, und Dagi und Jochi sind auch sehr traurig darüber. Doch Gesundheit geht vor- das habe sogar ich inzwischen gelernt.

Also Aufbruch und Heimfahrt. Ganz kurzer Halt in Sasel und kurze Begrüßung zwischen Tür und Angel. Wenn Oma und Opa schon nicht bleiben und mit den Enkelinnen spielen können, dann sollen diese wenigstens ein kleines Mitbringsel erhalten.

Gleiches procedere in Lüneburg. Auch hier nur ein kurzer Stopp, eine knappe Begrüßung und etwas zurücklassen für die Jungs und für Peter und Henning ein Geburtstagsgeschenk. In erster Linie den Geburtstagsfilm. Dieses Werk zusammenzubasteln hat meinem Menschenpapa ja viel Mühe und Zeit gekostet- und wie gerne hätte er ihn sich zusammen mit seinem fast 40jährigen Sohn angesehen.

Die Rückfahrt zieht sich hin. Zumeist fährt Dagi das schwere Gerät. Ankunft abends spät in Hartha, ein heißes Bad- dann geht es ins Bett. Ausgepackt wird später.

Ich bin also am 10. September bereits wieder zu Hause. Sehr ruhig geht es in den nächsten Tagen zu im Hause Thomas. Ungewöhnlich ruhig. Das habe ich in dieser Form noch nicht erlebt. Jochi verbringt auch tagsüber viel Zeit im Bett und Dagi lässt es auch behutsam angehen mit dem Ausladen des Wohnmobils und dem Reinigen.

Also Ruhe auf der ganzen Linie.

Aber: sie kennen meine Menscheneltern, und ich kenne sie natürlich auch sehr gut. Und ich kann mir daher auch nicht vorstellen, dass diese Ruhe von langer Dauer sein wird.

Genauso ist es. Bereits am Montag werden die ersten Einkäufe erledigt, das Wohnmobil wieder an seinen Stellplatz gebracht, ein wenig das Tanzbein geschwungen und neue (Ersatz-) Pläne geschmiedet. An die Stelle von Hamburg, Lüneburg, Cuxhaven.... und was sie sonst ursprünglich noch auf der Matte hatten, tritt eine kleine Burgentour durch Sachsen. Ich dachte, sie würden schon alle Burgen und Schlösser in diesem Land kennen. Weit gefehlt, meinen sie, und zeigen mir eine dicke Schwarte: „Burgen und Schlösser in Sachsen". Na gut, ich zeige mich beeindruckt.

Und so tuckern sie am nächsten Tag los und besichtigen die Burg Mildenstein in Leisnig, Stadt und Burg Rochlitz, das Kloster Wechselburg sowie die Rochsburg. Ein volles Programm, muss ich gestehen. Wäre zu anstrengend für mich und meine kleinen

Beine. Aber sie zeigen sich ziemlich begeistert, in erster Linie von Burg Mildenstein.

Eine richtige aktive Erlebnisburg sei dieses Gemäuer, berichten sie. Man könne direkt erleben, wie das Leben sich früher auf einer Burg abgespielt habe. Kindern werde mittelalterlicher Tanz beigebracht, oder sie könnten das Bogenschießen erlernen. Und man könne selbst in alte Gewänder schlüpfen, was sie auch getan hätten. Und die Kleinsten könnten sich stundenlang an einem riesigen Wimmelbild ergötzen.

Na prima. So ist alles wieder in bester Ordnung. Meine umtriebigen Mitbewohner haben zu ihrer gewohnten Aktivität zurückgefunden und ich kann abends in Ruhe die Augen schließen und dabei ihren Ausführungen lauschen. Es sei denn, Jochi nötigt mich, seine Fotos und Filme anzusehen, die er tagsüber aufgenommen hat. Dann muss ich wohl oder übel die Augen offen halten- aber mir kann keiner verbieten, meine Lauschorgane abzustellen. Na also- geht doch alles.

Über den Rest dieser Woche kann man den Mantel des Schweigens legen. Schon deshalb, weil das Wetter recht mies ist und man nicht einmal einen Hund vor das Haus hetzt- geschweige denn, eine Katze.

Erst zum Wochenende hin hellt der Himmel auf- und schwupps, sind meine Leutchen wieder unterwegs. Sie besuchen dieses Mal einen Kunstmarkt in Serkowitz, treiben sich in Altkötschenbroda herum und erwerben dort auf einem Flohmarkt mal wieder etwas Antikes, bzw. ein riesiges Tongefäß, das antiken Flair verbreiten soll. Sie haben ja sonst nichts im Haus stehen.

Nur wenige Tage später findet das Konzert mit Bettina Wegner statt, das eigentlich bereits im vergangenen Jahr als Geburtstagsgeschenk für Dagi gedacht war- aber coronabedingt wie sehr viele andere Veranstaltungen verschoben wurde. Sie kennen Bettina Wegner nicht? Nun, das ist die mit „ den kleinen Händen......." Sagt ihnen auch nichts. Das liegt wohl daran, dass dieses Lied vor vielen Jahren aktuell war, als meine Menscheneltern noch jung waren- und Bettina Wegner auch. So kommt etwas Nostalgie auf bei dieser sehr emotionalen Veranstaltung.

Weil das Konzert - anders als für 2020 vorgesehen- um einen Tag vorverlegt wurde, ist der 22. September, Dagi`s Geburtstag, frei für andere Events. Eine gute Gelegenheit zunächst, um sich in Dipps mal wieder zum Mittagessen zu treffen mit Annett und Diana. Ein solcher, sehr angenehmer, Mittagsplausch war ja lange Zeit nicht möglich. Wie schön also, dass man sich nun endlich wieder beim Mittagessen treffen und austauschen kann, wenn auch nur mit „Schnuffi" und Kontaktnachverfolgung.

Abends schließlich sind meine umtriebigen Mitbewohner schon wieder unterwegs. Und das arme Kätzchen ist alleine zu Hause. Wenn ich nicht meinen lieben Kater „Zungi" hätte, der mich regelmäßig besucht, wäre ich schon längst vereinsamt.

Während „Zungi" mir also den neuesten Tratsch aus der Nachbarschaft erzählt, sind Dagi und Jochi im „Russenpuff" im Gasthaus Weinböhla. Entschuldigung- das Theaterstück heißt nun einmal so: „Schwarze Augen - oder eine Nacht im Russenpuff".

Sehr lustig sei dieses Stück mit Katrin Weber und Tom Pauls, erzählen mir meine beiden Kulturenthusiasten, als sie spät abends angeheitert zurückkehren. Sie hätten es zwar vor langer Zeit schon einmal gesehen. Es sei aber derart amüsant, dass man es sich auch mehrmals zu Gemüte führen könne. Bauchschmerzen seien garantiert.

Ende September: die Zeit der Weinlese. Bei uns spielt sich allerdings in diesem Jahr nichts ab. Jochi musste seinen Weinstock wegen der Streichaktion kappen und hofft nun auf das nächste Jahr. Aber im sächsischen Weinanbaugebiet an der Elbe- da geht es hoch her. Da werden aber nicht nur die Weintrauben abgerupft, da wird auch gefeiert. Und das geht natürlich ohne Dagi und Jochi nicht. Und so schauen sie mal vorbei im Weingut Hoflößnitz, wo am Sonnabend und Sonntag ein Weinfest stattfindet- mit Weinproben natürlich, gutem Essen und viel Musik und Tanz. Das Wetter spielt mit. Was will man mehr. Man muss die Feste feiern, wie sie fallen- so der Originalton meiner beiden „Gutsten".

Am 26. September wird der neue Bundestag gewählt. Dagi und Jochi haben ihre Kreuzchen schon vor einiger Zeit gemacht- per Briefwahl, da ihr Wahllokal sich ja in Sellin befindet. Mal schaun`, was auf Angie folgt, meinen sie, von den drei Blinden`in, die zur Wahl stehen, muss eine/r den oder die Einäugige/n mimen, der/die die Krone vier Jahre lang tragen soll. Genauso ist es: jedes Wahlvolk bekommt das, was es verdient, wahrscheinlich eine Annalena Scholz- Laschet oder umgekehrt. Wie auch immer. Es wird sich nicht viel ändern- für uns. Kein`e Kanzler`in ist in der Lage, die Umtriebigkeit meiner Leute zu stoppen.

Das Wohnmobil steht plötzlich wieder vor der Tür. Habe ich etwas verpasst? Wollen die beiden schon wieder verreisen- ohne mich? Die Angst ist zum Glück unbegründet. Einmal im Jahr muss das Haus auf Rädern durchgecheckt werden- ob noch alles dicht ist. Okay, wenn das so ist, dann kann ich es mir ja auch einmal in Ruhe ansehen und es mir darin bequem machen. Das fände ich übrigens gut: Wohnmobilurlaub in vertrauter Umgebung vor dem eigenen Haus. Das könnte mir echt gefallen. Ich muss das mal meinen Leutchen verklickern.

Ein paar Tage lang steht unsere fahrbare Villa vor dem Haus. Genug Zeit also für mich, es eingehend unter die Lupe zu nehmen, während Dagi und Jochi fleißig putzen und es winterfertig machen. Daraus schließe ich, dass in absehbarer Zeit keine größeren Touren geplant sind. Aber man weiß ja nie. Das Ding hat kein Saisonkennzeichen- so viel verstehe ich auch schon von Autos- es könnte also das ganze Jahr über bewegt werden. Schön ist es ja, das gebe ich zu. Vielleicht sollte ich es mal mit einem Tagesausflug versuchen.

Auch der Garten muss so langsam winterfertig gemacht werden. Die lustigen Figuren, die gewöhnlich im Garten stehen, verschwinden in der Kiste, Blumenkübel in der Garage und die abgeblühten Pflanzen werden ratzekahl entfernt. Das allerdings empfinde ich persönlich als Affront, zumal dieses Gestrüpp mir gewöhnlich als Versteck dient. Soll ich auf dem blanken Erdboden sitzen? Sichtbar für Jedermann/frau/tier? Ja, es ist so. Sie können sich nicht vorstellen, was in diesem Garten für ein Begängnis herrscht. Da ist ein gutes Versteck überlebenswichtig. Nicht nur kleines Getier wuselt durch den Garten. Mit Mäusen und Maulwürfen kann ich leben. Aber der Fuchs, der hier ständig seine Runden zieht, geht mir schon ziemlich auf den Nerv. Selbst Waschbären fühlen sich hier wohl. Glauben sie nicht? Kerstin von Gegenüber hat mit ihrer Wildkamera alles fein säuberlich dokumentiert. Da können sie sicherlich nachfühlen, dass ein kleines, unschuldiges Kätzchen, wie ich es nun einmal bin, auf Sichtschutz vertrauen muss. Außerdem kann ich so besser das Kleingetier beobachten.

Der Oktober beginnt für meine beiden zweibeinigen Mitbewohner ausgesprochen kulinarisch. Sie sind bei Regine und Helmut zu einem nachträglichen köstlichen Geburtstagsfestessen eingeladen. Dass sie mir nichts mitbringen, sehe ich ihnen nach. Ich stehe nicht so sehr auf Garnelen, sie schon.

Am nächsten Tag gönnt Jochi sich schon wieder Garnelen- mit Pizza. Bei einem hervorragenden Italiener in Diesbar-Seußlitz. An diesem Tag machen sie nämlich mal wieder einen Tagesausflug. Über Lommatsch geht es nach Riesa. In dieser Stadt an der Elbe hat Dagi mal gewohnt. Ist aber schon unendlich lange her. Sie möchte Jochi zeigen, wo sie dereinst ihr Unwesen getrieben hat. Deshalb ein Rundgang durch die Stadt. Anschließend dann der Abstecher in die Weinregion um Diesbar. Eine hübsche Gegend, ein nettes Schlösschen und- wie gesagt - ein angesagtes Lokal. Nach dem Essen ist Bewegung angesagt; Rumklettern in den Weinbergen. Warum nicht, wenn es ihnen Spaß macht?

Kulinarisch geht es weiter am „Tag der Deutschen Einheit“, dem 3. Oktober. Dagi und Jochi sind erneut unterwegs und mal wieder auf Schloss Wesenstein zu Gast: zum Geschichtenfrühstück.

Die Schlossherrin, ihre Freundin Andrea, hat wieder einmal aufgetischt. Und zum Sektfrühstück gibt es wie immer Kultur. Es geht in die jüngere Vergangenheit Tschechiens. Mal keine Königsschlösser, die vorgestellt werden. Stattdessen erzählt der Cernin-Palais in Prag seine Geschichte aus eigener Sicht. Viel hat er erlebt. Hier saß zum Beispiel der deutsche Reichsprotektor während des Dritten Reiches. Jetzt ist es Sitz des Außenministeriums. Sehr interessant, die Geschichte- finden meine Leutchen, und nehmen dann auch sogleich das Buch zur Geschichte mit.

Da haben sie etwas zum Lesen und müssen keine Langeweile schieben. Denn die nächsten Tage verlaufen sehr ruhig und mal ohne jede Hektik. Sehr angenehm für mich. Weil dadurch meine Lakaien nahezu ständig in meiner Nähe sind. Sie können mir Futter geben, wenn ich es will, das Sahneschälchen füllen, wenn ich es will und mich raus- und reinlassen, wenn ich es will. Meine Katzentreppe benutze ich schon seit einiger Zeit nicht mehr. Viel zu anstrengend, erst in den Keller gehen zu müssen, um dann über den Lichtschacht nach oben zu klettern. Einfach durch die Tür ist eh einfacher. Wie gesagt, ich habe meine Lakaien.

Und weil ich so großzügig bin, gestatte ich ihnen sogar, ihre Hobbies zu pflegen. Tanzen zum Beispiel, oder nähen, rumspielen am Computer oder einfach mal Besuch zu empfangen.

Das geschieht dann am 8. Oktober. Eva und Wolfgang sind eingeladen, liebe Freunde, die sie im Baltikum kennen gelernt haben und dabei festgestellt haben, dass sie praktisch um die Ecke wohnen. Das hätte ich ihnen schon vorher sagen können, denn ich kenne ja ihren Hund Aaron. Sehr sympathisch der Kerl- auf entsprechende Entfernung.

Dass die Menschen mit dem Auto fahren- das muss wohl so sein. Dass sie dazu einen

Führerschein brauchen - das kann ich irgendwie auch nachvollziehen. Mein lieber Jochi ist inzwischen 50 Jahre im Besitz seines Führerscheines. Und dafür wird er ausgezeichnet mit einem „Goldenen Lorbeerblatt" als bewährter Kraftfahrer. Ein bisschen nachgeholfen hat er schon bei dieser Auszeichnung- das habe ich mitbekommen. Das Kätzchen ist ja nicht auf den Kopf gefallen. Trotzdem: die Gebietsverkehrswacht des Kreises feiert in Freital ihr 30jähriges Bestehen. Jochi ist in diesem Verein Ehrenmitglied und nimmt mit Dagi an dieser Veranstaltung teil.

Und in diesem Rahmen erhält mein toller Kraftfahrer dann auch seine Auszeichnung.

Ein lustiger Abend ist das- finden meine beiden Leutchen. Nicht wegen des goldenen Lorbeerblattes oder des Buffets, das geboten wird. Nein, die Veranstaltung findet in einem sehr überschaubaren Kreis statt, mehrere Bürgermeister aus der Region, die man kennt, sind dabei. Und mit zunehmender Dauer wird die Stimmung gelöster und lockerer und Geschichten machen die Runde, die jeder Lokalreporter wahrscheinlich begierig ausschlachten würde. Wie meint mein „ausgezeichneter" Menschenpapa hinterher so treffend:

„Ist vom Amte man befreit,

hat man zum Lästern doppelt Zeit".

Dem ist nichts hinzuzufügen.

Meine Menscheneltern sind gut gelaunt nach diesem Abend. Das freut mich. Denn von der guten Laune der Zweibeiner profitiert selbstverständlich auch die graue vierbeinige Mitbewohnerin - und sei es auch nur durch ein Extraportiönchen Schlagsahne.

Am Sonntag findet in Wilsdruff ein Natur- und Bauernmarkt statt. Dagi und Jochi schauen vorbei und decken sich reichlich mit Quark, Käse umd anderen köstlichen Naturprodukten ein.

Und abends fahren sie zum Schloss Batzdorf, wo Kultur angesagt ist. Jazz, Gospel und Soulmusik. Eine tolle Sängerin verzaubert das Publikum in der romantischen Atmosphäre des Schlosses. Ich kann ja irgenwie meine Menscheneltern verstehen. Die Coronazahlen steigen wieder, die Stimmung im Land ist weiterhin ziemlich gedrückt. Da klammert man sich an jeden Strohhalm, der irgenwie ein wenig Kultur und Abwechslung verspricht.

Irgenwie allerdings kann ich mich angesichts der Terminplanung meiner beiden lieben Mitbewohner des Eindrucks nicht erwehren, dass sie die Coronazeit auch kulturell ganz ordentlich überstehen. „Kultur gehört ganz einfach zum Leben", meinen sie und erfahren durch mich Zustimmung, „ ein schönes Konzert, eine anregendes Theaterstück läßt die Pandemie vergessen- wenigstens zeitweise. Das hat die Politik noch nicht verstanden". Wo sie recht haben, haben sie recht.

Und der Alltag bestimmt ja ohnehin die meiste Zeit. Und da ist es doch schön, dass sie regelmäßig in Bewegung bleiben und ihr Tanzbein schwingen (auch wenn ich nicht so recht nachvollziehen kann, warum man seine Beine so komisch verdrehen muss, wenn man auch einfach geradeaus gehen oder laufen könnte). Fast jeden Tag ein paar Übungsschritte im häuslichen Wohnzimmer, Donnerstag ist regulärer Übungsabend und in dieser Woche findet seit langer Zeit auch mal wieder ein ausgedehnter Tanzabend am Sonnabend statt. Klingt fast schon wie Normalität. Und das läßt hoffen.

Am Sonntag, dem 17.Oktober sind Dagi und Jochi in Mockritz eingeladen zu einer kleinen Nachfeier von Tamikas Geburtstag. Sie berichten mir hinterher, dass das kleine Fräulein den Wunsch hat, mit mir wieder einen Film zu gestalten. Eine Fortsetzung der Mittelstadt-Abenteuer- und zwar schon in allernächster Zeit. Ich freue mich darauf. Das wird bestimmt wieder lustig werden.

Einen Tag später stellt ein Reiseveranstalter seine schönsten Fernreisen in der Cömödie Dresden vor. Dagi und Jochi sind dabei.

Alles andere hätte mich auch gewundert.

Große Sorgen dahingehend, dass meine beiden Weltenbummler demnächst eine solche Reise buchen werden, mache ich mir allerdings nicht. Zum einen waren sie schon in fast allen Ländern, die vorgestellt wurden. Und zum anderen will ja auch das Wohnmobil zu seinem Recht kommen- und das hat eindeutig Vorrang.

Haben sie schon einmal fliegende Mülltonnen gesehen ? Ich schon. Denn am 21. Oktober fegt ein heftiger Orkan über Deutschland hinweg. Auch über Hartha. Ausgangssperre für mich. Völlig unnötig, freiwillig hätte ich das Haus ohnehin nicht verlassen. Aber vom Schlafzimmerfenster aus kann ich verfolgen, was draußen passiert. Eben, die herumfliegenden Mülltonnen zum Beispiel. Und da die Straße menschenleer ist- fast alle Bewohner sind arbeiten- läuft mein Menschenpapa windgebeutelt draußen herum und sammelt die Mülltonnen ein. Ein herrlicher Anblick- vor allem, wenn man geschützt im Trockenen sitzt. Auch bei uns hinterläßt der Orkan seine Spuren. Jochi hat zwei Tage lang zu tun, das Gewächshaus wieder in Ordnung zu bringen, abgebrochene Äste und Laub zu beseitigen. Dann hat sich der Wind wieder gelegt und ich kann das Haus verlassen und meinem arbeitswütigen Helden helfen. Also, nicht in dem Sinne von „ unter die

Arme greifen" und selbst mit anpacken. Meine bloße Anwesenheit sollte Ansporn genug für ihn sein. Wenn das nicht reicht, kann ich ihn auch anfeuern. Ich bin mir da für nichts zu schade.

Jochi ist total aktiv im Garten und baut bei seiner Arbeitswut auch gleich meine Katzentreppe ab. Sei`s drum- ich habe sie ja in letzter Zeit ohnehin kaum benutzt. Und wenn ich nach draußen will, finde ich schon die geeigneten Schritte, um mich bemerkbar zu machen. Voraussetzung dafür ist allerdings, dass meine geliebten Futterlieferanten selbst auch anwesend sind. Sonst klappt das nämlich nicht mit dem „Bemerkbarmachen".

Am Sonnabend sind sie nämlich schon wieder ausgeflogen, sind am Abend eingeladen bei ihren Freunden Andrea und Holger in Paulsdorf. Lange hat man sich nicht mehr gesehen. Und da gibt es natürlich viel zu erzählen und zu berichten. Immerhin darf ich nach ihrer Rückkehr noch einen Rundgang durch mein Revier machen. Und ich verzeihe ihnen auch, dass sie am Folgetag ausufernd lange durch den Tharandter Wald spazieren. Ich nutze diese Zeit für ein schönes Nickerchen. Anschließend dürfen sie sich ausruhen- und ich gehe auf Pirsch.

Der Oktober tritt in seine letzte Phase. Und was hat das für die Menschen zu bedeuten? Nein- nicht die Zeitumstellung ist das wesentliche Kriterium. Es sind die Kürbisse. Oder besser gesagt, das, was die Menschen mit den armen Kürbissen, die sich nicht wehren können, so alles anstellen. Sie höhlen diese runden Gewächse gnadenlos aus und schneiden in die Schale furchteinflössende Grimassen. Das sei typisch für Halloween, meinen sie.

Auch in unserem Haus findet eine derartige Schnitzaktion statt. Tamika ist zu Besuch und findet sichtlich Gefallen an diesem schaurigen Spektakel.

Bevor das Monster in Kugelform mit Kerze in seinem Hohlkopf zu Halloween vor die Haustür gestellt wird, empfangen Dagi und Jochi noch einmal ganz lieben Besuch. Anna-Eleonore mit Claus-Peter und Nicole mit Wolfram sind zu Gast. Meine beiden Gastgeber freuen sich mächtig, dass es doch noch mit einem Wiedersehen geklappt hat- nach einigen vergeblichen Anläufen.

Und so geht es recht munter zu an diesem Abend in unserem Haus. Das ist doch prima: meine Futterlieferanten sind prächtig gelaunt. Da geht es mir auch gut. Eine echte Win-win-Situation.

Und nach diesem lustigen Abend können wir- also meine Menscheneltern und ich auch- so richtig schön lange ausschlafen. Der Grund hierfür ist die Zeitumstellung.

Die Uhr wird nachts einfach eine Stunde zurückgestellt. So wollen das die Menschen und spielen damit so „Dir-nichts-mir-nichts" der Natur einen Streich. Und uns Tieren natürlich auch. Denn wir können nicht so einfach unsere innere Uhr zurückstellen. So ein Blödsinn, kann ich da nur sagen. Und was bringt das Ganze- abgesehen davon, dass die Lokführer nachts ihren Zug für eine Stunde abstellen und ein Nickerchen halten können? Nichts- nur dass ich morgens eine Stunde länger auf einen gefüllten Futternapf warten muss.

Dafür bringt der November aber etwas anderes- und das ist gar nicht schön. Die vierte Coronawelle schwappt über das Land. Und das mit voller Wucht. Die Inzidenzzahlen steigen beängstigend in die Höhe- vor allem auch bei uns im Osterzgebirgskreis. Für Dagi und Jochi keine Frage: jetzt heißt es, sich „boostern" zu lassen. Ähhh- was ist das denn, fragen sie? Also, ich erkläre ihnen das. „Boostern" wird die dritte Corona- Impfung genannt. Die soll dann wirklichen Schutz bieten vor dieser blöden Krankheit, die seit nunmehr fast zwei Jahren das normale Leben nahezu zum Erliegen bringt.

Und wie funktioniert das mit der dritten Impfung, wenn die Hausärzte nicht impfen und die Impfzentren geschlossen sind? Das läßt sich leicht beantworten- schlichtweg katastrophal. Dagi und Jochi sind zwar nach zwei Anläufen und mehreren Stunden Wartezeit vor dem mobilen DRK-Impfbus am Mittwoch in Freital geimpft worden, aber auch restlos bedient. Immerhinque, sage ich mal so: es hat wenigstens nicht geregnet und sie sind geimpft. Viele andere Impfwillige sind mangels Impfstoff wieder weggeschickt worden. So die bittere Realität.

Den Piks in den linken überstehen sie ohne Probleme, verzichten aber vorsichtshalber auf das wöchentliche Tanztraining. Bereits am Sonnabend sind sie allerdings schon wieder mitten im Geschehen, strapazieren ihre Tanzschuhe bei Rumba, Samba und Cha-Cha-Cha. Drei Stunden lang volles Übungsprogramm im Felsenkeller. Ich bin eine gut erzogene Katze und verrate ihnen daher nicht, in welchem körperlichen Zustand sie sich bei ihrer Rückkehr befinden. Vielleicht nur so viel: stellen sie sich einmal einen prall aufgeblasenen Luftballon vor, der kühn, beschwingt und tatenhungrig in die Luft aufsteigt..... und dann lassen sie mal selbige entweichen. Mehr muss man, glaube ich, dazu nicht erläutern.

Wenn sie jetzt denken, dass das Wochenende nach dem Tanzmarathon gelaufen ist, dann verkennen sie meine umtriebigen Mitstreiter. Das absolute Highlight dieses ersten Novemberwochenendes kommt erst noch. Zunächst erscheinen Marion und Jürgen am Sonntagnachmittag bei uns. Man schwatzt, isst und trinkt ein wenig. Und dann geht es ab zum „Herbststurm" ins Schloss Scharfenberg. Ein „Abend zwischen Zeit und Ewigkeit" steht auf dem Programm. Ein schaurig schönes Event in der prächtigen Kulisse dieser wild romantischen Burganlage. Dagi und Jochi erleben dieses Spektakel nicht zum ersten Mal. Bereits in früheren Jahren kehrten sie begeistert zurück und berichteten mir von den

magischen Momenten, die sie vor und im
Schloß erlebt hatten.

Und auch heute sind
sie begeistert von dem
gruseligen Schauspiel,
das ihnen hier im
Schloss geboten wird.
Passend zu diesem
grauen Monat und in
diese triste und von
Corona geprägte Zeit.

Am nächsten Morgen ist frühes Aufstehen angesagt: das Auto wird bepackt, es geht nach Sellin. Das kommt für mich ziemlich überraschend. Man hat mich wieder einmal nicht rechtzeitig informiert, so dass ich mich mental auf die Fahrt nicht vorbereiten konnte. Das nehme ich den beiden übel, und lasse sie das durch anhaltenden Gesang während der Fahrt auch spüren. Aber- was soll`s- hilft ja doch nicht. Und im Grunde freue ich mich ja auf Sellin.

Eine knappe Woche sind wir auf der Insel. Eine sehr angenehme und ruhige Woche. Nach dem Touristenansturm in den Herbstferien ist nahezu totale Ruhe eingekehrt. Es ist wenig los. Und in unserer Wohnanlage sind wir praktisch alleine. Wie schön für mich. Ich kann mich frei entfalten, ohne von einer aufdringlichen Nachbarskatze gestört zu werden. Mit den Enten auf dem Nachbargrundstück habe ich Burgfrieden geschlossen. Irgendwie tun sie mir ja auch leid. Ob ich sie nach Weihnachten noch einmal wieder sehe, wage ich zu bezweifeln. Und an die mächtigen Piepsvögelchen, die sich auf der Anlage breit machen, wenn weder Menschen noch Hunde diese bevölkern, habe ich mich inzwischen auch gewöhnt- ich kann mich ja unsichtbar machen.

Auch meine Menscheneltern lassen es ruhig angehen. Im Haus gibt es nur wenig zu richten. Ein paar kleinere Reparaturen- wie immer: den Ruß des Rasenden Rolands von den Fensterbänken abwischen, die Spinnweben unter dem Vordach entfernen und den Strandkorb winterfertig verpacken.

Das war es dann auch schon mit den Pflichtaufgaben. Der Rest ist Kür: spazieren gehen an der menschenleeren Ostsee, ein Einkaufsbummel in Binz, Grünkohlessen im Kleingartenlokal und viel relaxen. Und auch mal wieder kreativ werden wie Jochi, der dieses Mal einen Traumzauberbaum kreiert. Das empfinde ich voll cool- Dagi und Jochi machen ihrs, ich meins- so soll es sein.

Corona ist vergessen-jedenfalls an diesen schönen Tagen an der Ostsee. Zurück ins gebeutelte Osterzgebirge geht es am 13. November. Ich wäre noch gerne in meinem Zweitzuhause geblieben. Aber wer hört schon auf mich.

Denn in Hartha erwartet uns einmal mehr triste Langeweile. Sogar von meinem „Zungi" ist nichts zu sehen oder zu hören. Es scheint so, als ob die ganze Region im Winterschlaf liegt- oder sich coronabedingt die Decke über die Ohren gezogen hätte. Sogar die „Strunzien" vom Grundstück gegenüber müssen auf Gerlindes liebevolle Pflege verzichten. Schlichtweg nur tote Hose in unserem Tal.

Egal- ich drehe weiterhin meine Runden durch das Grundbachtal und beobachte meinen Jochi, wie er die abgefallenen Blätter von Haselnuss und Appfelbaum fein säuberlich beseitigt. Wenn er sonst nichts zu tun hat, dann soll er mal. Ich könnte mir schönere Dinge vorstellen. Aber die Zeiten sind nun einmal trist- Corona und November- schlimmer geht's nimmer. Wie schön ist es doch in diesern Zeiten, dass ich jedenfalls- als Ruhepol sozusagen- den mir zustehenden Schlafplatz besetzt habe zwischen meinen Mescheneltern- man gönnt sich ja sonst nichts.

Doch mit der trauten Harmonie im Bett meiner ach so lieben Mitschläfer ist es früher als erwartet schon wieder vorbei. Man verbringt mich einmal mehr nach Taubenheim. Was soll das nun wieder- frage ich mich. Die Antwort ist ganz einfach: meine quirligen Mitbewohner wollen sich mal wieder auf Achse begeben, wollen ihre Kinder und ihre Enkelkinder in Hamburg und Lüneburg besuchen. Es sei ihnen gegönnt. Sie wissen ja inzwischen, dass ich es mit langen Autofahrten nicht so unbedingt habe. Sollen sie fahren- ich bleibe in Taubenheim. Ohne Papagei läßt es sich hier gut aushalten.

Während ich also ein paar ruhige Tage verbringe, geht es bei meinen beiden Menscheneltern eher turbulent zu. Zunächst bei Steffi und Christoph in Hamburg. Emilia und Theresa sind sehr erfreut darüber, ihre Großeltern mal wieder zu sehen und haben zur Begrüßung lustige Bildchen gemalt. Und sie nehmen Dagi und Jochi auch sofort in Beschlag. Es wird rumgetobt und es wird „Kuchen gebacken“- nicht wirklich, sondern nur am Computer. Aber dieses Spiel ist außerordentlich beliebt. Und als alle Kuchen gebacken sind, bekomme ich Schluckauf. Warum das so ist, erfahre ich allerdings erst später: man denkt an mich. Mehr noch: Lara ist absoluter Mittelpunkt. Episode für Episode werden meine Abenteuer in Mittelstadt noch einmal durchgegangen und mit vollem Interesse angesehen. Das freut mich natürlich und macht mich irgendwie auch stolz und gibt mir Ansporn für weitere Geschichten.

Aber als meine Menscheneltern mir berichten, dass die beiden quirligen Mädchen schon morgens um 6 Uhr bei ihnen im Bett rumkriechen, schnurren, mit den Händchen scharren und Lara imitieren, bin ich doch ein wenig angesäuert: dieses Privileg steht nämlich allein mir zu. Naja- ich bin ja nicht so. Dagi und Jochi hat es offenbar gut gefallen, wie überhaupt der gesamte Besuch bei Familie Wilde in Hamburg-Sasel.

Der Aufenthalt in Lüneburg bei Edi und Henning sowie Peter und David ist kürzer, aber nicht weniger amüsant. Irgendwie ist Corona dafür verantwortlich, dass man sich etwas zurückhält und nicht ganz so ausgelassen rumtoben kann. Aber sich einmal wiederzusehen und miteinander quatschen zu können, hat doch auch etwas Positives in diesen verrückten Tagen oder Wochen oder Monaten. Wer weiß das schon?

Und schwierig und besorgniserregend ist diese Zeit tatsächlich. Die Corona-Inzidenzzahlen steigen von Tag zu Tag- vor allem in Sachsen- und führen erneut zu sehr drastischen Einschränkungen im täglichen Leben. Kaum zurück in Hartha müssen meine beiden Mitstreiter leidvoll erfahren, was auf sie in nächster Zeit zukommt. Oder korrekt ausgedrückt: was in nächster Zeit gerade nicht auf sie zukommt, weil abgesagt oder verschoben, so dass sie erneut Verzicht üben müssen. Wieder müssen die Tanzschulen dicht machen, so dass die wöchentlichen Kurse ausfallen. Das gilt auch für den Nikolausball, auf den beide sich so sehr gefreut haben. Nichts wird es mit dem bereits gebuchten Konzert von „Truck Stop" im Dezember. Und selbst die Einladung für kommenden Freitag an die Nachbarn muss rückgängig gemacht werden, weil diese ungeimpft sind. Meine beiden derart gebeutelten Futterlieferanten können sich nur an den Kopf fassen vor so viel Ignoranz und Dummheit. Abgesagt sind alle Kulturveranstaltungen und Weihnachtsmärkte, Restaurantbesuche sind nur noch stark eingeschränkt möglich und Glühwein in der Öffentlichkeit zu trinken ist ein Kapitalverbrechen. Der Rutsch ins neue Jahr, den meine Lieben im Tivoli in Freiberg begehen wollen, wird wohl eher ein Rutsch vor die eigene Haustür werden.

Ich kann nicht gerade behaupten, dass diese Ankündigungen zu einer besonders ausgelassenen Vorweihnachtsstimmung in unserem Haus beitragen. In dieser blöden Situation bin ich gefragt: Lara muss mal wieder die Stimmung ein wenig aufheitern, sich abends gemütlich an die geliebten Menscheneltern kuscheln und gute Laune verbreiten. Na bitte- es geht doch. Tanzen kann man auch in den eigenen vier Wänden. Und auch Weihnachtsflair lässt sich ohne die zumeist ohnehin überfüllten Weihnachtsmärkte erzielen.

Dagi beginnt mit dem Plätzchenbacken, so dass sich bald liebliche Gerüche in der Küche verbreiten, die auch mir durchaus zusagen. Und ihre „Männel" kramt sie auch wieder hervor- nicht alle, aber wenigstens

ein paar- und baut sie im Wohnzimmer fein säuberlich in Reih`und Glied auf.

Im vergangenen Advent hatte sie noch davon abgesehen, wie ich schon anmerkte. Aber in diesem Jahr meint sie, dass sie Corona trotzen wolle und diese Pandemie sie nicht hindern könne, alte Traditionen zu pflegen. Wo sie recht hat, hat sie recht, die Gute.

Jochi trägt die Verantwortung für die festliche Ausleuchtung des Hauses. Mit anderen Worten: er stellt die Schwibbbögen auf und bringt Lichterketten an allen möglichen und unmöglichen Stellen im Haus an. Ihm dabei zuzusehen, ist toller als jede Doku-Soap. Allein die Beobachtung, wie er qualvoll die im letzten Jahr verpackten und jetzt beim Auspacken hoffnungslos ineinander verschlungenen Lichterstränge zu entwuseln versucht, führt unweigerlich dazu, dass ich mich vor Lachanfällen auf dem Boden hin- und her wälzen muss. So bleibt jeder in Bewegung- soll ja gesund sein.

Sie sehen, liebe Leserin und lieber Leser - unser gemütliches Domizil ist auch in Coronazeiten durchaus sehenswert und reif für einen Besuch - so er denn möglich ist. Aber daran scheitert es ja - aus bekannten Gründen.

Nicht ganz - zumindest die Geimpften dürfen Besuch empfangen, insbesondere Besuch aus der Familie. So holt Dagi unsere Erstklässlerin Tamika von der Schule ab. Meine Menschenmama benötigt nämlich dringend Hilfe beim Pätzchenbacken. Und die herbeigezogene Hilfsbäckerin ist natürlich voll in ihrem Element. Und nicht nur in der Küche wird sie gebraucht. Nein, auch im Keller. Denn mein Menschenpapa hat zu meiner großen Freude beschlossen, einen neuen Film zu drehen: Lara in Mittelstadt - Teil 3. Ich fühle mich geehrt und werde mein Bestes geben, meiner zugedachten Rolle gerecht zu werden. Aber zunächst einmal ist die Co-Regisseurin an der Reihe und muss „die Klappe halten" für die bevorstehenden Dreharbeiten mit all den bekannten plüschigen Akteuren.

Die Kamera wird dann aber erst einmal beiseite gelegt: Jochi hat Wichtigeres vor, bzw. etwas, was er als wichtiger ansieht als meinen Film: Er schwingt einmal mehr den Farbeimer und den Pinsel- mehr den Pinsel, da der Farbeimer zu schwer ist. Und dann geht es los. Fast eine Woche lang kämpft er mit den Elementen und streicht das kleine Bad unten, das grosse Bad in der Mitte und die restliche Wand im Dachgeschoss, die im Frühjahr verschont wurde.

Nicht schlecht, Herr Specht- würde ich mal sagen. Aber jetzt bin ich dran. Pustekuchen. Denn nach getaner Arbeit gönnen sich meine beiden Mitbewohner erst einmal ein opulentes Mittagessen im Cafe am Kurplatz. Das sei lange überfällig, meinen sie. Ich gönne es ihnen großmütig. Denn danach sind sie nicht nur in bester Stimmung sondern auch frisch gestärkt für die Aufgaben, die vor ihnen liegen. Als da sind: Näharbeiten für Dagi und- wie schon erwähnt- Dreharbeiten am neuen Monumentalfilm für Jochi.

Und ich bin voll mit dabei. Es macht mir richtig Spaß und ich folge sogar (fast) den

Anweisungen meines Regisseurs. Eine wunderschöne Abwechslung in dieser ansonsten so unsäglich tristen Zeit. Trist ist nicht nur das Wetter: mal etwas Regen, mal etwas Schnee. Nicht gerade die besten Wetterverhältnisse für eine kleine und zarte Schönwetterkatze, wie ich es nun einmal bin.

Trist ist auch das Fernsehprogramm. Es wird beherrscht einerseits von weiterhin Corona und den steigenden Inzidenzzahlen sowie den sogennanten neuen Mutanten. Und wenn mal nicht Corona- dann Politik. Deutschland bekommt eine neue Regierung nach 16jähriger Merkel- Dynastie. Die Köpfe sind neu, die Besen auch. Ob tatsächlich auch die neuen Besen besser kehren werden als die alten- man wird sehen.

Das ist Deutschland im Advent 2021. Wie schön, dass die allseits herrschende triste Stimmung nicht Besitz ergriffen hat von meinen lieben Mitbewohnern. Sie begeistern sich an ihren selbst gewählten Aufgaben und haben Spaß und Freude damit. Und dennoch wünschen sie und hoffen natürlich, dass alles mal wieder besser wird. Dass das richtige, das pulsierende Leben mal wieder einkehrt, dass Reisen möglich sind, Theater- und Konzertbesuche und dass man nicht ständig auf 3 G, 2 G oder 2G+ achten muss. Ein Leben halt, wie es früher einmal war. Ich hoffe mit ihnen, obwohl ich der Ehrlichkeit halber sagen muss: mir fehlt es an nichts, nicht einmal an Schlagsahne.

In diesem Sinne, liebe Leserin und lieber Leser, werde ich jetzt so ganz langsam meine Tatzen schonen und damit nicht weiter die Computertastatur behelligen. Ich werde mich zurückziehen auf die schmusige Bettdecke und abwarten, bis Jochi`s Film fertig ist. Vielleicht strickt Dagi mir ja auch ein paar warme Pfotenschützer, damit ich beim Herumstreunern im Garten keine kalten Füsse bekomme. Und vielleicht wird ja auch das Jahr 2022 besser als dieses Jahr. Sollte das der Fall sein, dann werde ich ihnen ganz sicherlich darüber berichten- in einer nagelneuen Ausgabe von Laras Jahreschronik 2022. Aber so weit ist es ja noch nicht.

Während ich also an den letzten Zeilen dieses Buches sitze, treffen sich Dagi und Jochi noch einmal mit ihren Freunden Marion und Jürgen. Gemeinsam wandern sie durch den winterlichen Wald des Osterzgebirges nach Blockhausen. Da wohnt und haust der Sauensäger. Klingt ziemlich martialisch, ist aber sehr lustig. Der sägt mit seiner Kettensäge nämlich aus Baumstämmen die verschiedensten tollen Figuren aus. Und in jedem Jahr zu Pfingsten treffen sich hier die besten Kettensäger der ganzen Welt und küren ihren Weltmeister.

Die Menschen haben schon ulkige Hobbies-
kann ich da nur sagen. Aber das ist doch
gut so. Das lenkt ab. Und so lange sie Spass
haben an solchen lustigen Dingen, können
sie keinen Unsinn anstellen.

So, das reicht aber nun wirklich für dieses
Jahr. Vergangen, aber nicht vergessen. Auch
wenn viele Wünsche und Träume unerfüllt
blieben. Es bleibt die Hoffnung auf bessere
Zeiten.

Für 2022 wünsche ich ihnen alles, alles
Gute. Möge das neue Jahr ein Gutes für sie
sein, ein Jahr, in dem sich die liegen
gebliebenen Hoffnungen und Wünsche
erfüllen werden. Ein Jahr, in dem sich das
nachholen lässt, was in diesem Jahr
abgesagt wurde oder ausgefallen ist. Mögen
Glück und Erfolg ihre Wegbegleiter sein und
sie von Krankheiten und anderem Unbill
verschont bleiben. Lassen sie uns gemeinsam
optimistisch in die Zukunft schauen in dem
Bewusstsein, dass die Zeiten wieder besser
werden und die oder der oder das „Corona"
sich dahin zurückgezogen hat, wo sie/er/es
hingehört- in die Vergessenheit.

Dies wünscht ihnen die schönste und intelligenteste Katze des Grundbachtales und der Seestraße in Sellin.

Also- Kopf hoch- und bleiben sie gesund.

Ihre

Nachwort:

Liebe Leserin, lieber Leser,

wieder ist ein Jahr vergangen. Anders als wir es uns vorgestellt und erhofft hatten. Auch in diesem Jahr hatte uns „Corona" nahezu fest im Griff, hat vieles verhindert, was wir geplant und uns vorgenommen hatten und hat uns in unserer Bewegungsfreiheit ein weiteres Mal stark eingeschränkt. Und dennoch hatte das Jahr auch seine schönen Seiten. Und im Rückblick lässt sich feststellen: so ganz ohne Reisen und andere Ereignisse war 2021 nicht, wie sie dem kleinen Büchlein entnehmen konnten.

Wir bedanken uns für ihr Interesse und die Ausdauer, die sie beim Lesen bewiesen haben und hoffen, sie haben einen kleinen Einblick erhalten davon, wie es in einem von einer bestimmenden Katze geprägtem Rentnerhaushalt so zugeht.

Aber natürlich gebührt unserer grauen Mitbewohnerin unser besonderer Dank. Sie wissen ja: wir selbst hätten nie die Zeit und Muße aufbringen können, eine solche Jahreschronik zu verfassen. Dank des erneuten aufopferungsvollen Einsatzes unserer Hauskatze Lara war es letztlich möglich, ihnen dieses Büchlein präsentieren zu können. Wir dürfen ihnen versichern, sie hat sich damit eine Extraportion Schlagsahne verdient.

Vielen Dank Lara und vielen Dank ihnen, liebe Leserin und lieber Leser. Bleiben sie uns gewogen und vor allem gesund.

Ihre Dagmar und Joachim Thomas.